U0071723

Chapitre 1

基本實用短句

Sept mots et dix phrases principaux

巴黎是舉世聞名的觀光勝地，就算不懂法語，旅遊也不成問題。不過，若能說幾句法語，實際與當地人溝通互動，那種感動是難以言喻的，這樣的經驗，必定會留下難忘的回憶。第1章先介紹旅行必備的基本字彙與短句。

最常用的 7 個字

大家應該都聽過「Bonjour」或「Merci」這些簡單的法文吧！但你知道嗎？它們其實有很多意思，用法可說和變魔術一般多。請牢記這7個最常用的字，讓這段旅程增添更多開心的回憶！

您好　　　　晚安

Bonjour / Bonsoir

bɔ̃ʒur　　　　bɔ̃swar

　　這個耳熟能詳的招呼語是在法國旅遊最重要的。懂得適時打招呼，別人對你的印象便會截然不同，因此到了法國請別害羞，開朗地向人問好吧。一般來說，早上到傍晚之間用「Bonjour」，傍晚到晚上用「Bonsoir」，不過使用時機並非絕對，因為每個人對時間的觀感多少有些不同。

1, 打招呼

　　法文裡並沒有相當於中文「歡迎光臨」的說法，通常進入服飾店或餐廳，以及在市場買東西時，都是由顧客主動和店員打招呼。這樣的互動方式，比一聲不吭進入店家讓人感覺好多了。在飯店大廳也一樣喔！

2, 和人交談

　　和人搭話時先打聲招呼，並依照談話對象的性別，在後面加上「Madame」或「Monsieur」是比較自然的說法（→P16）。先以這句話引起對方注意，接著再發問或進入談話，能給人謙虛有禮的印象喔。

謝謝

Merci

mɛrsi

「**Merci**」也是很常用的話。法國人經常把這句話掛在嘴邊，所以到了法國請多多說「**Merci**」吧。此外，應該有許多人聽過「不用了，謝謝」的「**Non, Merci / nɔ̃ mɛrsi**」吧！如果光說「**Non**」，容易給人說話帶刺、態度強硬的感覺，此時若加上「**Merci**」，就能使語調更柔和。同樣地，若有人問「要喝咖啡嗎？」或「我來幫你吧？」時，不要光說「**Oui / wi**」，「**Oui, Merci / wi mɛrsi**」才是比較自然有禮貌的回應。

中文的「謝謝」和「謝謝你」感覺有程度上的差異，不過在法文中，不論哪種程度都說「**Merci**」即可。當然也可以依照感謝程度，在後面加上不同單字，例如：

「**Merci bien**」 ＜ 「**Merci beaucoup**」 ＜ 「**Merci infiniment**」。
　mɛrsi bjɛ̃　　　　　 mɛrsi boku　　　　　　mɛrsi ɛ̃finimã

3

是　　不是

Oui / Non

wi　　n5

　　與法國人溝通時，若聽懂了對方的問題，記得給予明確的答案。許多法國人無法理解東方人謙虛客氣的處事態度，如果回答得太含糊，對方很可能誤解你的意思。因此，當法國人提出建議或勸誘，若心中浮現「直接拒絕會不會不禮貌…、會不會傷了他的心…、答應得太乾脆會不會不妥…」等想法時，就入境隨俗直接回答吧。請不要太在意他人眼光，向好惡分明又尊重個人想法的法國人看齊。

　　此外，若能在回答「Oui」時點頭，「Non」時搖頭，再加上簡單的肢體語言，會讓意思更加清楚明白喔。回應對方提出的建議時，除了「Oui」或「Non」，後面再加上「Merci」會更好。（→P11）

請 / 麻煩您～
S'il vous plaît

sil   vu   plɛ

來到法國一定要學會這句話，它能幫上不少忙。這句好用的話相當於英文的「Please」。

1, 呼叫別人

在餐廳或店家呼叫店員時，大多數人會從英文的「Excuse me」聯想到法語的「Excusez-moi / ɛkskyzemwa」（→P19）。事實上，用「S'il vous plaît」呼叫店員才是比較自然的說法。

2, 點餐

如同「Un café, s'il vous plaît. / œ̃ kafe sil vu plɛ（請給我一杯咖啡）」或「Un billet adulte, s'il vous plaît. / œ̃ bijɛ adylt sil vu plɛ（請給我一張成人票）」等，在想要的東西後面加上「s'il vous plâit」有「請給我～」的意思，這句話適用於各種場合，非常實用。

3, 禮貌地尋求協助

請別人幫忙做任何事時，一定要在最後加上「S'il vous plaît」，若忘了說這句話，可能會給人冷漠、沒禮貌的印象。

對不起

Pardon

pardɔ̃

　　許多人在法國待久了，會覺得法國人真正該道歉時不道歉，對於日常生活上的小事，例如走在路上不小心與人碰了肩膀或擋了別人的路時，反而道歉得更頻繁。這種時候請說「**Pardon / pardɔ̃**」。

　　這句話不僅能用來道歉，還可以用在其他狀況，例如要下電車或公車，卻因擁擠走不出去、想要呼叫店員、聽不清楚對方說話等，類似中文的「不好意思」。

　　表達道歉的說法還有「**Excusez-moi / ɛkskyzemwa**」、「**Je suis désolé(e) / ʒə sɥi dezɔle**」（→P19），用在不小心踩到別人的腳、把醬料打翻到別人衣服上等需要好好向人道歉的情況。

6

再見

Au revoir

o　　　rəvwar

　　在法國，購物或用餐都從打招呼開始。就算什麼也沒買，走出店外時也要和店員說聲「**Merci, au revoir** / mɛrsi o rəvwar（謝謝，再見）」，這是法國人的基本禮貌。

　　「**Revoir** / rəvwar」有「再見面」的意思。說「**Au revoir**」時，開頭的「**re**」不發音也無所謂。此外，「**À bientôt** / a bjɛ̃to（待會見）」也是店員常說的話，有「歡迎再度光臨」的意思，是把顧客當成常客對待的態度。

　　說了「**Au revoir**」之後，若再補上一句「**Bonne journée** / bɔn ʒurne（祝你有美好的一天）」或「**Bonne soirée** / bɔn sware（祝你有美好的夜晚）」，會讓你的法語聽起來更像法國人喔。

⑦

女士　　　先生
Madame / Monsieur

madam　　　məsjø

大家都知道「Madame」是對女性、「Monsieur」是對男性的尊稱，可以用在「Merci, Madame / mɛrsi madam」、「Monsieur, s'il vous plaît / məsjø sil vu plɛ」等句子。若能把對方的姓或名字加入招呼語，例如對飯店櫃台人員說「Merci beaucoup, Pierre. / mɛrsi boku pjɛr」或「Bonjour, Madame Poulain. / bɔʒur madam pulɛ̃」，不僅能增添親切感，還能讓別人對你的印象加分喔。

相對地，在商店或餐廳裡，店員招呼顧客時也會用「Madame」或「Monsieur」，這也是有禮貌的待客方式。

雖然法語裡對女性的尊稱分成 Madame（已婚）與 Mademoiselle（未婚），但是在打招呼時，對於已達工作年齡的女性最好一律用「Madame」。至於一看就知道是未成年的人，說話時不加「Madame」或「Monsieur」比較自然。

最常說的 10 句話

學會最常用的7個字之後，接著要挑戰最常說的10句話。這10句話既簡單又方便，適用於各種場合，例如在餐廳或店裡表達自己的意見、找不到路、向人發問時都能派上用場。

OK。/ 我知道了。

D'accord.

dakɔr

　　相當於英文的「**OK**」。法國人也很常說「**OK**」，不過正確的法語是「**D'accord**」。在旅館、商店或街頭，有人向你解說事情時，請不要默默地點頭，可以用「**D'accord.**」明確地表示你聽懂了。前面若加上「**Oui**」會更有禮貌。此外，好友間的對話有時會把「**D'accord**」省略成「**D'acc / dak**」。

請給我 ☐ 。

Je voudrais ☐ .

ʒə　　vudrɛ

　　這句話能在購物或點餐時派上用場，相當於英文的「**I want**」。「**Je**」是「我」，「**voudrais / vudrɛ**」是動詞「想要～」的意思。如果不懂或不知道想要的東西怎麼唸，只要用手指著說「**Je voudrais ça / ʒə vudrɛ sa（我想要這個）**」即可。後面若加上「**S'il vous plaît / sil vu plɛ**」（→P13）會更有禮貌。

3

我在找 ⬚⬚⬚⬚ 。

Je cherche ⬚⬚⬚⬚ .

ʒə   ʃɛrʃ   ⬚⬚⬚⬚

　　在陌生的外國商店裡，與其自己找尋想要的東西，不如直接詢問店員。直接在 ⬚⬚⬚⬚ 內放入想找的商品即可，在購物或挑選紀念品時十分好用。另外，迷路時也可以填入目的地的街道名稱，是非常實用的一句話。這句話和「**Je voudrais** / ʒə vudrɛ」（→P17）一樣，你也可以指著旅遊書上的照片說「**Je cherche ça** / ʒə ʃɛrʃ sa（我在找這個）」。

4

我可以 ⬚⬚⬚⬚ 嗎？

Je peux ⬚⬚⬚⬚ ?

ʒə   pø   ⬚⬚⬚⬚ ↗

　　出國旅行時，由於不熟悉當地的習慣，很常會用到這句話，例如詢問美術館能不能攝影？衣服能不能試穿？這個位子能不能坐？等等。⬚⬚⬚⬚ 裡請填入表示動作的單字。萬一不知道單字怎麼說，只要一邊說「**Je peux** / ʒə pø」，一邊比出照相的動作、將衣服擺在自己身體前、指著椅子上的空位，對方應該會懂你的意思。

5

這是什麼？

Qu'est-ce que c'est ?

kɛs　　　kə　　sɛ ↗

　　這句話唸起來只有四個音，請務必把它記下來。遇到餐廳上菜時來的不是想像中的食物、在街道及美術館有看不懂的看板或指標時，請各位不要害羞，大膽地問「Qu'est-ce que c'est?（這是什麼？）」，以免自己在不知情的狀況下出糗或違規。

6

對不起。

Excusez-moi. / Je suis désolé(e).

ɛkskyzemwa　　　ʒə　sɥi　dezɔle

　　這兩句都是做錯事所說的道歉用語。犯了比較嚴重的錯誤，例如損壞了他人物品，或使人受傷等情況時要說「Je suis désolé(e). / ʒə sɥi dezɔle」。針對旅行中碰到的各種狀況，想表達輕微的歉意時，請說「Excusez-moi. / ɛkskyzemwa」。此外，雖然也可以用「Excusez-moi.」呼叫他人，但還是用「S'il vous plaît / sil vu plɛ」（→P13）比較恰當。

7

我不懂。

Je n'ai pas compris.

ʒə　nɛ　pa　kɔ̃pri

　　聽不懂對方說的話或任何單字時，就可以說這句話。前面加上「**Pardon /
pardɔ̃**」（→P14）會更自然。相較於回答現在式的「**Je ne comprends pas / ʒə
nə kɔ̃prɛ̃ pa**」，用過去式較不會給人冷漠的印象。

8

請再說一次好嗎？

Pouvez-vous répéter ?

puvevu　　　　repete ↗

　　許多巴黎人說話的速度很快，他們不會因為對方是外國人而放慢速度。因
此，身為外國人的我們不要怕失禮，若有任何不理解的地方，就請他們說到你明
白為止。明明不懂還微笑裝懂，反而是不恰當的。

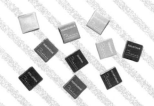

可以請您說英文嗎？

Pouvez-vous parler en anglais ?

puvevu　　　　parle　　ɛ̃　　nɑ̃glɛ ↗

你是否聽過「法國人不講英文，就算你對法國人說英文，他們還是用法語回應」呢？事實上，這種情形已經很少見了。巴黎聚集了世界各地的觀光客，觀光景點或商店中會講英文的人越來越多了。很努力地以法語溝通，對方還是無法理解時，換成英文試試看吧。

誰？　　什麼？　　何時？　　為什麼？　　什麼樣的？

Qui ? / Quoi ? / Quand ? / Pourquoi ? / Comment ?

ki ↗　　kwa ↗　　　kɑ̃ ↗　　　purkwa ↗　　　kɔmɑ̃ ↗

「誰？、什麼？、何時？、為什麼？、什麼樣的？」是法語5大疑問詞。雖然只用疑問詞也能溝通，但聽起來還是稍嫌唐突，若能在前面加上「C'est / sɛ」，就會讓疑問句更完整。雖然要在會話中正確使用疑問詞不太容易，但這對於能否聽懂對方的問題，卻是非常重要的關鍵。

漫步街頭說法語

Phases utiles pour chaque situation

來到巴黎，想與當地人有更多互動嗎？第2章會將巴黎之旅分為吃美食、購物、參觀、移動、住宿5大情境，介紹各種場合的實用短句。如果覺得單字發音很困難，也可以用手指著書上的句子請對方幫忙。

{ 吃美食 }

Manger

好想品嚐當地好評的法國菜、也想像巴黎人一樣坐在露天咖啡座喝咖啡、到著名的法式甜點店試吃新口味的蛋糕也不錯……「吃美食」是造訪巴黎時最令人期待的活動之一，若能與提供美食的人說上幾句法語，就算用的是很簡單的單字，也能傳達出自己的熱情與堅持，為巴黎之旅增添無窮樂趣。

盡情享受美食的 6 個基本知識

1. 一整天都能享用餐點

許多咖啡館除了提供飲料，也有提供輕食。至於小餐館則會供應傳統的法國菜。巴黎的咖啡館或小餐館通常是全天營業，如果旅遊期間想吃點簡餐，這些店是不錯的選擇。順道一提，很多小餐館週日也有營業。

2. 建議抵達時間

許多餐廳或小酒館要到中午12點以及晚間8點才開始營業。因為法國人通常會比較晚到，如果沒有預約，建議儘量在剛開店時抵達餐廳，或許有機會在超人氣餐廳裡用餐。

3. 服裝

到餐廳用餐時，穿得「比平常正式一點」即可。若是到舖有桌布並擺放著銀器的餐廳，通常要避免穿著短褲等太過休閒的服飾，這方面請各位依常識來判斷。

4. 小費

通常餐點的費用已經包含了服務費，所以不必支付小費。若想對服務親切的侍者表達謝意，可以多付點零錢當小費。若是以信用卡付款，可以在放收據的小盤子內放幾歐元當小費。

5. 店內全面禁菸

餐廳內依法全面禁菸。雖然許多露天咖啡座可以吸菸，但其實很少人會在用餐時吸菸。真的想吸菸，請於用餐過後喝咖啡時，在不打擾其他客人的狀況下吸菸。

6. 熟食店的結帳方式

有些熟食店的購物流程是點餐後拿著帳單到櫃台結帳，店員才會把收據與餐點交給你。若不清楚購買方式，請觀察前一位客人的做法，照著做就對了。

吃美食 必學的6句話

好想依照自己的喜好選擇美味的餐點，自行點餐與結帳。來到陌生的國度，雖然用比的也通，但能說上幾句法文，總是多了番樂趣！

1

請給我 ⬚

⬚ **, s'il vous plaît.**

⬚ sil vu plɛ

在咖啡廳或麵包店裡點餐，只要在想要的飲料或麵包後面加上「s'il vous plait」就可以了。「想買的東西＋s'il vous plait」適用於各種狀況，既簡單又實用，一定要記下來。

2

我要(點) ⬚

Je prends ⬚ **.**

ʒə prɑ̃ ⬚

動詞的「prendre / prɑ̃dr」相當於英文的「take」，從餐廳或咖啡館的菜單中挑選想點的東西時，就會說這句話。除了點餐，在商品展示櫥窗前買東西時也可以這麼說。

3

這是什麼？

Qu'est-ce que c'est ?

kɛs kə sɛ ↗

光看菜單看不出是什麼料裡，或在熟食店看到沒見過的菜色時，可以用手指著問「Qu'est-ce que c'est ?」，店裡的人一定會親切地向你解說的。

4

我就買這些。

C'est tout.
sɛ tu

麵包店和甜點店擺滿了好多美味的食物，一不小心就買太多了。決定好之後，請和店員說這句話，表示你要買這些東西。有時店員會問「Ensuite? / ɑ̃sɥit（還有嗎？）」，這時一樣回答「C'est tout.」就可以了。

5

請幫我結帳。

L'addition, s'il vous plaît.
ladisjɔ̃　sil vu plɛ

通常法國的餐廳和咖啡館的結帳處並非在櫃台，而是在餐桌上，因此這句話很重要。請依自己的時間狀況讓服務生替你結帳。懂得看時機使用這句話，也算是旅遊達人囉。

6

洗手間在哪裡？

Où sont les toilettes ?
u sɔ̃ le twalɛt ↗

在巴黎很難找到免費又乾淨的公廁，所以建議在餐廳或咖啡館上完廁所再離開。巴黎各店家的洗手間可能在不同的地方，有時在地下室或2樓，有時在建築物外面，因此這句話一定會派上用場。

用餐 的基本對話

到餐廳吃飯多少令人緊張，但只要懂得基本的對話流程就沒問題了。練習時，
請想像自己與服務生對話的情景。

進入店裡～入座 詳細請參閱→P33

晚安。

Bonsoir.
bɔ̃swar

晚安，請問幾位？

Bonsoir. Vous êtes combien ?
bɔ̃swar vu zɛt kɔ̃bjɛ̃ ↗

[2位] 。

Nous sommes [deux].
nu sɔm [dø]

[2個大人] 和 [1個小孩]。

Nous sommes [deux adultes] et
[un enfant].
nu sɔm [dø zadylt] e [œ̃ nɑ̃fɑ̃]

請問有訂位嗎？

Vous avez réservé ?
vu zave rezɛrve ↗

有，用 [田中] 的名字。

Oui, au nom de [Tanaka].
wi o nɔ̃ də [tanaka]

沒有訂位。

Non, je n'ai pas réservé.
nɔ̃ ʒə nɛ pa rezɛrve

這邊請。

Suivez-moi.
sɥivemwa

很抱歉，今天晚上客滿了。

Désolé, mais c'est complet ce
soir.
dezɔle mɛ sɛ kɔ̃plɛ sə swar

這樣啊！好可惜。再見。

Ah bon ! Dommage. Au revoir.
a bɔ̃ dɔmaʒ o rəvwar

請給我們露天的座位。

Une table en terrasse,
s'il vous plaît.
yn tabl ɑ̃ tɛras sil vu plɛ

▄▄ 我想要那邊的座位。

Je préfère une table là-bas.
ʒə prefɛr yn tabl laba

● 好的，這邊請。

D'accord. Allez-y.
dakɔr alezi

點菜 詳細請參閱→P34

● 要來杯餐前酒嗎？

Désirez-vous un apéritif ?
dezirevu œ̃ naperitif ↗

▄▄ 不用了，謝謝。

Non, merci.
nɔ̃ mɛrsi

▄▄ （想要時）好，請給我［基爾酒］。

Oui, [un kir], s'il vous plaît.
wi [œ̃ kir] sil vu plɛ

● 這是菜單。

Voici la carte.
vwasi la kart

● 您決定好了嗎？

Vous avez choisi ?
vu zave ʃwazi ↗

▄▄ 好了，我要［30歐］的套餐。前菜要［煙燻鮭魚］，主菜要［烤小羊排］。

Oui, je prends le menu à [trente euros], avec [le saumon mariné] en entrée et [le rôti d'agneau] en plat.
wi ʒə prɑ̃ lə məny a [trɑ̃ tøro] avɛk [lə somɔ̃ marine] ɑ̃ nɑ̃tre e [lə rɔti daɲo] ɑ̃ pla

● 要點什麼飲料呢？

Que voulez-vous boire ?
kə vulevu bwar ↗

▄▄ 請給我［半瓶氣泡礦泉水］。

[Une demi-bouteille d'eau gazeuse], s'il vous plaît.
[yn dəmibutɛj do gazøz] sil vu plɛ

● （吃完主菜後）要吃甜點嗎？

Voulez-vous un dessert ?
vulevu œ̃ desɛʀ ↗

▧▧ 好啊。
可以看一下菜單嗎？

Oui, pouvez-vous me donner la carte ?
wi puvevu mə dɔne la kart ↗

▧▧ 好啊。
請給我巧克力慕斯。

Oui, une mousse au chocolat, s'il vous plaît.
wi yn mus o ʃɔkɔla sil vu plɛ

▧▧ 不用了，謝謝。
請幫我結帳。

Non, merci.
L'addition, s'il vous plaît.
nɔ̃ mɛrsi
ladisjɔ̃ sil vu plɛ

● （用完甜點後）要喝咖啡嗎？

Voulez-vous un café ?
vulevu œ̃ kafe ↗

▧▧ 好，麻煩了。

Oui, s'il vous plaît.
wi sil vu plɛ

▧▧ 不用了，謝謝。

Non, merci.
nɔ̃ mɛrsi

請幫我結帳。

L'addition, s'il vous plaît.
ladisjɔ̃ sil vu plɛ

好的。

D'accord.
dakɔr

我要刷卡。

Je paie par carte.
ʒə pɛj par kart

請問餐點都還滿意嗎？

Ça a été ?
sa a ete ↗

滿意，非常好吃，謝謝。

Oui, c'était délicieux. Merci.
wi setɛ delisjø mɛrsi

我們吃得很愉快。

J'ai passé un bon moment.
ʒɛ pase œ̃ bɔ̃ mɔmã

謝謝，祝您有愉快的夜晚。

Merci. Bonne soirée.
mɛrsi bɔn sware

謝謝，再見。

Merci. Au revoir.
mɛrsi o rəvwar

到了巴黎的餐廳或小餐館，正是品嚐法國
料理的大好機會，任誰都想依自己的喜好
選擇美味的食物，如果能好好和服務生溝
通，一定能渡過愉快的用餐時光。若看不
懂菜單上的內容，光憑直覺點餐的話，送
上來的餐點可能會超乎想像喔。不過換個
角度想，旅途中的種種突發狀況都會成為
難忘的回憶。

入座後

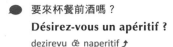

● 要來杯餐前酒嗎？
Désirez-vous un apéritif ?
dezirevu œ naperitif ⤴

▰▰ 好的，請給我 ［ 基爾酒 ］ 。
Oui, je voudrais [un kir].
wi ʒə vudre [œ kir]

▰▰ 有哪些餐前酒呢？
Qu'est-ce que vous avez comme apéritif ?
kɛs kə vu zave kɔm aperitif ⤴

▰▰ 我可以看一下菜單嗎？
Je peux voir la carte, s'il vous plaît ?
ʒə pø vwar la kart sil vu plɛ ⤴

▰▰ 不用了，謝謝。
Non, merci.
nɔ̃ mɛrsi

拿菜單

▰▰ 請給我菜單。
Je peux avoir la carte, s'il vous plaît ?
ʒə pø avwar la kart sil vu plɛ ⤴

▰▰ 有英文的菜單嗎？
Avez-vous la carte en anglais ?
avevu la kart ã nãglɛ ⤴

▰▰ 可以幫我讀一下菜單嗎？
Pouvez-vous m'aider à lire la carte ?
puvevu mede a lir la kart ⤴

▰▰ 請給我酒單。
La carte des vins, s'il vous plaît.
la kart de vɛ̃ sil vu plɛ

👄 小叮嚀

通常不特別說服務生也
會遞上菜單，如果等很
久還沒有菜單的話，可
以用「S'il vous plait」呼
叫服務生。

看不懂手寫菜單
時可以這麼說

點餐

■■ 有什麼推薦的料理嗎？
Quel plat vous me recommandez ?
kɛl pla vu mə rəkɔmãde ↗

■■ 今天的［前菜 / 主菜 / 甜點］是什麼？
Quel(le) est [l'entrée / le plat / le dessert] du jour ?
kɛ lɛ [lãtre / lə pla / lə desɛr] dy ʒur ↗

■■ 請問店裡的招牌菜是什麼呢？
Quelle est votre spécialité ?
kɛ lɛ vɔtr spesjalite ↗

一邊指著菜單

■■ 這是什麼樣的料理呢？
Qu'est-ce que c'est comme plat ?
kɛs kə sɛ kɔm pla ↗

■■ 那位［先生 / 女士］吃的是什麼？
Pouvez-vous me dire [ce qu'il / ce qu'elle] mange ?
puvevu mə dir [sə kil / sə kɛl] mãʒ ↗

■■ 我要點一樣的。
Je prends la même chose.
ʒə prã la mɛm ʃoz

稍微指一下
鄰桌的客人

■■ 有沒有 ☐ 的料理？
Est-ce qu'il y a des plats avec ☐ dans la carte ?
ɛs ki li ja de pla avɛk ☐ dã la kart ↗

魚：**du poisson** [dy pwasɔ̃]
海鮮：**des fruits de mer** [de frɥi də mɛr]
火腿：**du jambon** [dy ʒãbɔ̃]
臘腸：**de la saucisse** [də la sosis]
義大利麵：**des pâtes** [de pɑt]
蔬菜：**des légumes** [de legym] →蔬菜的名稱請參閱P118

● 請問您決定好了嗎？
Vous avez choisi ?
vu zave ʃwazi ↗

➤ 好了，我要這個。
Oui, je prends ça.
wi ʒə prã sa

➤ 不，還沒。
Non, pas encore.
nɔ̃ pa zãkɔr

用手指著菜單

➤ 我要 ⬜⬜⬜ 歐元的套餐。（→數字請參考P184）
Je prends le menu à ⬜⬜⬜ euros.
ʒə prã lə məny a ⬜⬜⬜ øro

➤ 我要前菜與主菜。
Je prends une entrée et un plat.
ʒə prã ynãtre e œ̃ pla

➤ 我要主菜與甜點。
Je prends un plat et un dessert.
ʒə prã œ̃ pla e œ̃ desɛr

➤ 我只要主菜就好了。
Je prends juste un plat.
ʒə prã ʒyst œ̃ pla

➤ 我前菜要 ⬜⬜⬜ ，主菜要 ▆▆▆ ，甜點要 ▆▆▆ 。
Je prends ⬜⬜⬜ comme entrée, ▆▆▆ comme plat et ▆▆▆ comme dessert.
ʒə prã ⬜⬜⬜ kɔm ãtre ▆▆▆ kɔm pla e ▆▆▆ kɔm desɛr

➤ 請幫我煮 [兩分熟 / 三～四分熟 / 七分熟 / 全熟]。
[Bleu / Saignant / A point / Bien cuit], s'il vous plaît.
[blø / sɛɲã / a pwɛ̃ / bjɛ̃ kɥi] sil vu plɛ

⑱ 小叮嚀

通常是先點前菜與主菜，等主菜吃完後，再依飽足感選擇甜點。想吃舒芙蕾等準備時間較長的甜點，也可以在一開始點餐時先點。

牛肉料理可以
指定熟度

我要 ☐☐☐☐ 。 **Je prends** ☐☐☐☐ . [ʒə prã] ☐☐☐☐

法式海鮮盤
un plateau de fruits de mer
ɶ plato də frɥi də mɛr

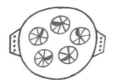

田螺
des escargots
de zɛskargo

韃靼生牛肉★1
un steak tartare
ɶ stɛk tartar

佩里戈沙拉★2
une salade périgourdine
yn salad perigurdin

咖啡&甜點拼盤★3
un café gourmand
ɶ kafe gurmã

法式泡芙★4
des profiteroles
de prɔfitrɔl

生蠔：**des huîtres** [de zɥitr]

鮮魚湯：**une soupe de poisson** [yn sup də pwasɔ̃]

焗洋蔥湯：**une soupe à l'oignon gratinée** [yn sup a lɔɲɔ̃ gratine]

鴨肝醬：**un foie gras de canard** [ɶ fwa gra də kanar]

牛排&炸薯條：**un steak frites** [ɶ stɛk frit]

烤雞：**un poulet rôti** [ɶ pulɛ rɔti]

尼斯沙拉★5：**une salade niçoise** [yn salad niswaz]

★1 生牛絞肉與洋蔥、生雞蛋、調味料拌在一起食用。 　★2 鴨胸肉、鴨肝與核桃的沙拉。 　★3 咖啡搭配2～3種迷你甜點的組合。有些店咖啡可以換成紅茶。 　★4 迷你冰淇淋泡芙淋上熱巧克力。
★5 拌入蕃茄、水煮蛋、醍魚、鮪魚與橄欖油的沙拉。

■■ 我不能（敢）吃 ⬚⬚ 。

Je ne peux pas manger de ⬚⬚ .

ʒə nə pø pa mɑ̃ʒe də ⬚⬚

肉： **viande** [vjɑ̃d]

牛肉： **boeuf** [bœf]

豬肉： **porc** [pɔr]

雞肉： **poulet** [pulɛ]

羊肉： **mouton** [mutɔ̃]

小羊肉： **agneau** [aɲo]

內臟： **abats** [aba]

水果： **fruits** [frɥi]

→水果的名稱請參考P118

■■ 我對 ⬚⬚ 過敏。

Je suis allergique ⬚⬚ .

ʒə sɥi zalɛrʒik ⬚⬚

甲殼類： **aux crustacés** [o krystase]

堅果： **aux arachides** [o araʃid]

乳製品： **aux produits laitiers** [o prɔdɥi lɛtje]

蛋： **à l'oeuf** [a lœf]

蕎麥： **au sarrasin** [o sarazɛ̃]

點飲料

▶ 請給我一杯 ▭ 。

Un verre de ▭ , s'il vous plaît.

œ̃ vɛr də ▭ sil vu plɛ

▶ 請給我半瓶 ▭ 。

Une demi bouteille de ▭ , s'il vous plaît.

yn dəmi butɛj də ▭ sil vu plɛ

▶ 請給我一瓶 ▭ 。

Une bouteille de ▭ , s'il vous plaît.

yn butɛj də ▭ sil vu plɛ

> 無氣泡礦泉水：**eau minérale plate** [o mineral plat]
>
> 氣泡礦泉水：**eau minérale gazeuse / pétillante** [o mineral gazøz / petijãt]
>
> 紅酒：**vin rouge** [vɛ̃ ruʒ]
>
> 白酒：**vin blanc** [vɛ̃ blã]
>
> 玫瑰酒：**vin rosé** [vɛ̃ roze]
>
> 香檳酒：**champagne** [ʃãpaɲ]
>
> 一杯香檳：**une coupe de champagne** [yn kup də ʃãpaɲ]
>
> 蘋果酒：**cidre** [sidr]
>
> 一杯蘋果酒：**un bol de cidre** [œ̃ bɔl də sidr]
>
> →其他飲料請參閱P41、P43。

免費的
水龍頭水

▶ 請給我一壺水。

Une carafe d'eau, s'il vous plaît.

yn karaf do sil vu plɛ

▶ 哪種葡萄酒和我點的 [前菜 / 主菜] 比較搭？

Quel vin va avec [l'entrée / le plat] que j'ai commandé ?

kɛl vɛ̃ va avɛk [lãtre / lə pla] kə ʒɛ kɔmãde ↗

用餐中

▰▰ 這不是我點的東西。

Ce n'est pas ce que j'ai commandé.

sə nɛ pa sə kə ʒɛ kɔmɑ̃de

▰▰ 我的餐點還沒來。

Je n'ai toujours pas mon plat.

ʒə nɛ tuʒur pa mɔ̃ pla

▰▰ 請幫我再烤一下好嗎？

Pouvez-vous cuire un peu plus ?

puvevu kɥir œ̃ pø plys ↗

▰▰ 請幫我再熱一下菜好嗎？

Pouvez-vous réchauffer ce plat ?

puvevu reʃofe sə pla ↗

▰▰ 請再給我一些麵包好嗎？

Pouvez-vous me donner plus de pain ?

puvevu mə dɔne plys də pɛ̃ ↗

▰▰ 請再給我一瓶 [礦泉水 / 葡萄酒]。

Une autre bouteille [d'eau / de vin] , s'il vous plaît.

ynotr butɛj [do / də vɛ̃] sil vu plɛ

🖉 小叮嚀

想呼叫服務生時，舉手說
「S'il vous plait」即可。

法國有不少怕燙的人，
因此有時端來的湯是溫
的，若覺得湯太涼，可以
請店家幫你加熱。

● 請問您用完餐了嗎？
Vous avez terminé ?
vu zave tɛrmine ↗

■■ 很好吃，不過我已經飽了，真抱歉。
C'était très bon mais je n'ai plus faim. Désolé(e).
setɛ trɛ bɔ̃ mɛ ʒə nɛ ply fɛ̃ dezɔle

■■ 不，我還沒吃完。
Non, pas encore.
nɔ̃ pa zãkɔr

真的吃不下時

■■ 是的，很好吃，謝謝。
Oui, merci. C'était très bon.
wi mɛrsi setɛ trɛ bɔ̃

■■ 請幫我換一下 [刀子 / 叉子 / 紙巾]。
Pouvez-vous me remplacer [le couteau / la fourchette / la serviette] ?
puvevu mə rãplase [lə kuto / la furʃɛt / la sɛrvjɛt] ↗

■■ 洗手間在哪裡？
Où sont les toilettes ?
u sɔ̃ le twalɛt ↗

吃完主菜後

● 要吃甜點嗎？
Désirez-vous un dessert ?
dezirevu œ̃ desɛr ↗

■■ 請讓我看一下菜單。
Je peux voir la carte, s'il vous plaît ?
ʒə pø vwar la kart sil vu plɛ ↗

■■ 請問有用巧克力做的甜點嗎？
Vous avez un dessert au chocolat ?
vu zave œ̃ desɛr o ʃɔkɔla ↗

■■ 有沒有份量比較少的甜點？
Vous avez un dessert plutôt léger ?
vu zave œ̃ desɛr plyto leʒe ↗

▶▶ 可以兩人共享一份嗎？

On peut partager un dessert à deux ?

ɔ̃ pø partaʒe œ̃ desεr a dø ↗

▶▶ （飲料）請和甜點一起上。

Je voudrais le prendre en même temps que le dessert.

ʒə vudre lə prɑ̃dr ɑ̃ mεm tɑ̃ kə lə desεr

▶▶ 請給我 ☐☐☐ 。

☐☐☐ **, s'il vous plaît.**

☐☐☐ sil vu plε

〈 飲料 〉

咖啡／義式濃縮咖啡：**un café / un expresso** [œ̃ kafe / œ̃ nεkspreso]

淺褐色濃縮咖啡*¹：**un café noisette** [œ̃ kafe nwazεt]

低咖啡因義式濃縮咖啡：**un déca** [œ̃ deka]

咖啡歐蕾（咖啡牛奶）：**un café crème** [œ̃ kafe krεm]

紅茶：**un thé** [œ̃ te]　花草茶：**une tisane** [yn tizan]

★1 加入少量牛奶的咖啡。

〈 甜點 〉

（蕎麥粉製成的）可麗餅 *²：**Une galette (au sarrasin)** [yn galεt (o sarazε̃)]

（小麥粉製成的）可麗餅*³：**Une crêpe (au froment)** [yn krεp (o frɔmɑ̃)]

巧克力蛋糕：**Un moelleux au chocolat / Un gâteau au chocolat**
[œ̃ mwalø o ʃɔkɔla / œ̃ gato o ʃɔkɔla]

巧克力聖代：**Un chocolat liégeois** [œ̃ ʃɔkɔla ljeʒwa]

巧克力慕斯：**Une mousse au chocolat** [yn mus o ʃɔkɔla]

漂浮島*⁴：**Une île flottante** [ynil flɔtɑ̃t]

本日甜點：**Un dessert du jour** [œ̃ desεr dy ʒur]

★2 通常指夾著火腿和起司等配料的鹹可麗餅。　★3 通常指用小麥粉做成的可麗餅點心。
★4 打發的蛋白霜在烤箱內烘到定型後，使其漂浮在英式蛋黃醬上的甜點。

咖啡館本身就是一種法國文化。許多咖啡館整天都有營業，旅客可以小憩喝杯咖啡，吃點輕食，順便上洗手間。另外，巴黎這幾年興起許多Salon de thé（茶點沙龍），看來熱愛咖啡的法國人似乎也對茶產生了興趣。無論是咖啡館或茶點沙龍，氣氛都比餐廳更輕鬆自在，旅法期間不妨找一間喜歡的店經常光顧。

請給我 ☐。 **Je voudrais** ☐ . ʒə vudre ☐

☐ , **s'il vous plaît.** ☐ sil vu plɛ

咖啡
un café
œ̃ kafe

咖啡牛奶
un café crème
œ̃ kafe krɛm

紅茶
un thé
œ̃ te

法奇那天然氣泡橘汁飲料
un Orangina
œ̃nɔrɑ̃ʒina

生啤酒
une bière pression
yn bjɛr prɛsjɔ̃

香脆夫人 / 香脆先生★¹
**un croque madame /
un croque monsieur**
œ̃ krɔk madam /
œ̃ krɔk məsjø

早餐套餐
**une formule petit-
déjeuner**
yn fɔrmyl pətideʒœne

法式烤布蕾
une crème brûlée
yn krɛm bryle

法式鹹派
une quiche
yn kiʃ

★1 烤乳酪火腿吐司。作法是將吐司抹上白醬、夾幾片火腿，再灑上乳酪送進烤箱烤。香脆先生上面再加一顆荷包蛋就是香脆太太。又被稱為法國吐司先生（夫人）、庫克先生（夫人）或喀喀先生（女士）。

>>> 可以用餐嗎？
On peut manger ?
ɔ̃ pø mɑ̃ʒe ↗

（對話框）先以「Bonjour」打聲招呼

>>> 我們只提供飲料喔。
C'est juste pour boire.
sɛ ʒyst pur bwar

>>> （點咖啡或紅茶時）請給我牛奶好嗎？
Pouvez-vous me donner du lait ?
puvevu mə dɔne dy lɛ ↗

>>> 請給我一杯水。
Un verre d'eau, s'il vous plaît.
œ̃ vɛr do sil vu plɛ

>>> 請給我 ▭ 。
▭ **, s'il vous plaît.**
▭ sil vu plɛ

⑱ 小叮嚀

咖啡館可以自由選擇座位，不過有些店家會分白天與晚上用餐的座位。一般來說，若看到桌上擺有刀叉餐具的桌子，就是屬於用餐的座位。若只喝飲料的話，也請事先告知服務生。另外，茶館和餐廳一樣，服務生會為顧客帶位，請耐心等候。

有些咖啡館會在用餐途中請顧客結帳，這並不是負責此桌的服務生要趕你走的意思。

若想儘快買單結帳，也可以自己到櫃台問「Je vous dois combien? / ʒə vu dwa kɔ̃bjɛ̃（請問多少錢？）」

咖啡館裡若有標示 Tabac，表示店內有賣香菸，但價錢比台灣貴。（→吸菸禮儀請參閱P25）。

〈 熱飲 〉
雙倍濃縮咖啡： **un double expresso** [œ̃ dubl ɛkspreso]
淺褐色濃縮咖啡： **un café noisette** [œ̃ kafe nwazɛt]
低咖啡因濃縮咖啡： **un déca** [œ̃ deka]
美式咖啡： **un café allongé** [œ̃ kafe alɔ̃ʒe]
卡布奇諾咖啡： **un cappuccino** [œ̃ kaputʃino]
花草茶： **une infusion** [ynɛ̃fyzjɔ̃]
熱可可： **un chocolat chaud** [œ̃ ʃɔkɔla ʃo]
熱牛奶： **un lait chaud** [œ̃ lɛ ʃo]
維也納咖啡： **un café viennois** [œ̃ kafe vjɛnwa]
維也納可可： **un chocolat viennois** [œ̃ ʃɔkɔla vjɛnwa]
熱紅酒： **un vin chaud** [œ̃ vɛ̃ ʃo]

〈 冷飲 〉

果汁 [柳橙 / 蘋果 / 杏子 / 鳳梨 / 蕃茄]：

un jus　[d'orange / de pomme / d'abricot / d'ananas / de tomate]

[œ̃ ʒy (dɔrɑ̃ʒ / də pɔm / dabriko / dananas / də tɔmat)]

鮮搾柳橙汁：**une orange pressée** [ynɔrɑ̃ʒ prese]

鮮搾檸檬汁★1：**un citron pressé** [œ̃ sitrɔ̃ prese]

可樂：**un coca** [œ̃ kɔka]

檸檬水：**une limonade** [yn limɔnad]

冰紅茶★2：**un thé glacé** [œ̃ te glase]

冰咖啡★3：**un café glacé** [œ̃ kafe glase]

小瓶裝啤酒：**une bière en bouteille** [yn bjɛr ɑ̃ butɛj]

什錦雞尾酒★4：**un panaché** [œ̃ panaʃe]

摩納哥★5：**un monaco** [œ̃ monako]

一杯酒：**un verre de vin** [œ̃ vɛr də vɛ̃]

皇家基爾酒★6：**un kir royal** [œ̃ kir rwajal]

★1 會附上水與砂糖，可以依喜好調配。　★2,3 很多店沒有賣這兩種飲料。　★4 將啤酒以檸檬水稀釋後調成的雞尾酒。　★5 什錦雞尾酒加上石榴糖漿調製成的粉紅色雞尾酒。　★6 黑醋栗酒以香檳稀釋所調製成的雞尾酒。

〈 餐點 〉

沙拉：**une salade** [yn salad]

蛋捲 [原味 / 火腿 / 乳酪 / 香草]：

une omelette　[nature / au jambon / au fromage / aux herbes]

[yn ɔmlɛt (natyr / o ʒɑ̃bɔ̃ / o frɔmaʒ / o zɛrb)]

三明治 [火腿&乳酪 / 乾臘腸 / 肉醬]：

un sandwich　[jambon fromage / au saucisson / au pâté]

[œ̃ sɑ̃dwitʃ (ʒɑ̃bɔ̃ frɔmaʒ / o sosisɔ̃ / o pate)]

法式鹹蛋糕：**un cake salé** [œ̃ kɛk sale]

〈 甜點 〉

反轉蘋果塔：**une tarte tatin** [yn tart tatɛ̃]

香梨塔：**une tarte aux poires** [yn tarto pwar]

巧克力聖代：**un chocolat liégeois** [œ̃ ʃɔkɔla ljeʒwa]

麵包店 的基本對話

你是不是很害怕不和店員溝通就買不到東西？別擔心，買麵包需要講的話都很簡單，一定能如願買到美味的可頌麵包，享受熱呼呼的幸福滋味。

進入店裡

■■ 您好。

Bonjour.
bɔ̃ʒur

● 您好（歡迎光臨），女士。

Bonjour, Madame.
bɔ̃ʒur madam

挑選商品　　詳細請參閱→P49

● 下一位。

La personne suivante, s'il vous plaît.
la pɛrsɔn sɥivɑ̃t sil vu plɛ

● 您選好了嗎？

Vous avez choisi ?
vu zave ʃwazi ♪

■■ 好了，我要 [半條長棍麵包] 和 [一個可頌麵包]。

Oui, je voudrais [une demi baguette] et [un croissant], s'il vous plaît.
wi ʒə vudre [yn dəmi bagɛt] e [œ̃ krwasɑ̃] sil vu plɛ

■■ 還沒。

Non, pas encore.
nɔ̃ pa zɑ̃kɔr

● 這樣就好了嗎？

Ce sera tout ?
sə səra tu ♪

■■ 對，這樣就好了。

Oui, c'est tout.
wi sɛ tu

■■ 我還要一個 [布里歐修麵包]。

Non, je voudrais [une brioche] en plus.
nɔ̃ ʒə vudre [yn brijɔʃ] ɑ̃ plys

46

● 一共 [2.60歐元]。要袋子嗎？

**Ca fait [deux euros soixante],
s'il vous plaît. Vous voulez un sac ?**
sa fɛ [dø zøro swasɑ̃t] sil vu plɛ vu vule
œ̃ sak ↗

🏴 好，麻煩了。

Oui, s'il vous plaît.
wi sil vu plɛ

🏴 不用了，謝謝。

Non, merci.
nɔ̃ mɛrsi

🏴 （遞上3歐元）給您。

Voici.
vwasi

● 謝謝，這是找的 [40分] 錢。

**Merci. Et [quarante centimes]
pour vous.**
mɛrsi e [karɑ̃t sɑ̃tim] pur vu

🏴 謝謝，再見。祝您有美好的一天。

Merci, au revoir. Bonne journée.
mɛrsi o rəvwar bɔn ʒurne

● 謝謝您。也祝您有美好的一天。

Merci à vous. Bonne journée.
mɛrsi a vu bɔn ʒurne

來到巴黎，一定要嚐嚐美味的麵包、甜點與巧克力，這可是法國人引以為傲的飲食文化。剛出爐熱騰騰的法國麵包好吃到會上癮。當然也不能錯過法式甜點店。由於店內的商品皆陳列在顧客面前，只需要簡單的對話就能溝通，也是練習法語的大好機會喔。

請給我 [烤得比較焦的 / 烤得不太焦的] 長棍麵包。

Une baguette [bien cuite / pas trop cuite], s'il vous plaît.

yn bagɛt [bjɛ̃ kɥit / pa tro kɥit] sil vu plɛ

（圓形或四角麵包）可以幫我切片嗎？

Pouvez-vous le trancher ?

puvevu lə trɑ̃ʃe ↗

有的店家切麵包要收費（約 0.10 歐元）

可以幫我加熱嗎？

Pouvez-vous réchauffer ?

puvevu reʃofe ↗

披薩等熟食麵包可以加熱

請問可以保存幾天？

Combien de jours ça se conserve ?

kɔ̃bjɛ̃ də ʒur sa sə kɔ̃sɛrv ↗

要放冰箱嗎？

Il faut le mettre au frais ?

il fo lə mɛtr o frɛ ↗

有些店家的袋子要收錢

可以給我一個袋子嗎？

Pouvez-vous me donner un sac ?

puvevu mə dɔne œ̃ sak ↗

請給我 [6個] 裝的綜合巧克力。（→數字請參考P184）

Un assortiment de [six] chocolats, s'il vous plaît.

œ̃ nasɔrtimɑ̃ də [si] ʃɔkɔla sil vu plɛ

請給我一球 [餅裝的 / 杯裝的] 冰淇淋。

**Je voudrais une boule de glace
[en cornet / en pot].**

ʒə vudrɛ yn bul də glas [ɑ̃ kɔrnɛ / ɑ̃ po]

🍧 小叮嚀

到了夏天，有些甜點店或巧克力店也會開始賣冰淇淋。

請給我 ▢。 **Je voudrais** ▢ . ʒə vudre ▢

▢ , **s'il vous plaît.** ▢ sil vu plɛ

想買好幾種商品時
只要在單字之間
加上 et 即可

長棍麵包
une baguette
yn bagɛt

鄉村麵包
un pain de campagne
œ̃ pɛ̃ də kɑ̃paɲ

可頌麵包
un croissant
œ̃ krwasɑ̃

法式巧克力麵包
un pain au chocolat
œ̃ pɛ̃ o ʃɔkɔla

香頌蘋果派★1
un chausson aux pommes
œ̃ ʃosɔ̃ o pɔm

三明治
un sandwich
œ̃ sɑ̃dwitʃ

★1 又稱為法式蘋果麵包。

〈 麵包 〉
半條長棍麵包：**une demi baguette** [yn dəmi bagɛt]
細繩麵包★2：**une ficelle** [yn fisɛl]
麵包 [穀類 / 黑麥 / 核桃 / 無花果]：
un pain [aux céréales / au seigle / aux noix / aux figues]
[œ̃ pɛ̃ (o sereal / o sɛgl / o nwa / o fig)]
牛奶麵包：**un pain au lait** [œ̃ pɛ̃ o lɛ]
葡萄麵包：**un pain aux raisins** [œ̃ pɛ̃ o rɛzɛ̃]
布里歐修麵包：**une brioche** [yn brjɔʃ]

★2 細的長棍麵包。

修女泡芙
une religieuse
yn rəliʒjøz

巴黎布列斯特泡芙★3
un Paris-Brest
ɶ paribrɛst

閃電泡芙 [巧克力 / 咖啡]
un éclair
[au chocolat / au café]
ɶ neklɛr [o ʃɔkɔla / o kafe]

馬卡龍
un macaron
ɶ makarɔ̃

法式草莓慕斯蛋糕
un fraisier
ɶ frɛzje

聖多諾黑泡芙★4
un Saint-Honoré
ɶ sɛ̃tɔnɔre

★3 夾入榛果奶油餡的泡芙。　★4 內夾奶油的迷你泡芙蛋糕。

〈 巧克力 〉
一口巧克力★5： **un bonbon chocolat** [ɶ bɔ̃bɔ̃ ʃɔkɔla]
巧克力板 [黑 / 牛奶 / 白]：
　une tablette de chocolat **[noir / au lait / blanc]**
[yn tablɛt də ʃɔkɔla (nwar / o lɛ / blɑ̃)]
綜合巧克力： **un assortiment** [ɶ nasɔrtimɑ̃]
法式水果軟糖： **une pâte de fruits** [yn pɑt də frɥi]
棉花糖： **une guimauve** [yn gimov]

★5 除了綜合巧克力之外，大多是散裝販售。

{ *Traiteur* }
熟食店

在台灣，我們能在百貨公司美食街或超市買到熟食。而在巴黎，熟食大多是以熟食專賣店（traiteur/ trɛtœr）的方式經營。熟食店裡賣的食物包括前菜、主菜與甜點，非常方便。買完熟食後，不妨順便去麵包店買條長棍麵包，再回旅館悠閒享受旅行中的小確幸。

▰▰▰ 請給我 [200] 克 ☐。（→數字請參閱P184）

[**Deux cents**] **g de** ☐, **s'il vous plaît.**

[dø sã] gram də ☐ sil vu plɛ

▰▰▰ 請給我 [一人份] 的 ☐。（→數字請參閱P184）

☐ **pour** [**une personne**] , **s'il vous plaît.**

☐ pur [yn pɛrsɔn] sil vu plɛ

番茄鑲肉盅★¹ : **tomate farcie** [tɔmat farsi]

法式洛林鹹派★² : **quiche lorraine** [kiʃ lɔrɛn]

焗烤馬鈴薯★³ : **gratin dauphinois** [gratɛ̃ dofinwa]

餡餅法國派 : **pâté** [pɑte]　陶罐法國派 : **terrine** [tɛrin]

燻鮭魚 : **saumon fumé** [somɔ̃ fyme]

水波蛋 : **œuf en gelée** [œf ã ʒəle]

皇后千層酥★⁴ : **bouchée à la reine** [buʃe a la rɛn]

胡蘿蔔沙拉 : **carottes râpées** [karɔt rape]

鵝肝醬 : **foie gras** [fwa gra]　塔布蕾沙拉 : **taboulé** [tabule]

米沙拉 : **salade de riz** [salad də ri]

★1 將炒熟的絞肉填到番茄裡。　★2 火腿鹹派。　★3 蒜味的焗烤馬鈴薯。　★4 鑲入雞肉或小牛胸肉以及白醬燉蘑菇的派。

義麵沙拉：**salade de pâtes** [salad də pɑt]
什錦蔬菜美乃滋沙拉：**salade macédoine** [salad masedwan]
皮耶蒙特馬鈴薯沙拉：**salade piémontaise** [salad pjemɔ̃tɛz]
西芹頭沙拉：**céleri rémoulade** [sɛlri remulad]

➤➤ 我要在這裡吃。
Je mange sur place.
ʒə mɑ̃ʒ syr plas

➤➤ 我要外帶。
C'est pour emporter.
sɛ pur ɑ̃pɔrte

➤➤ 再 [多 / 少] 一點。
Un peu [plus / moins], s'il vous plaît.
œ̃ pø [plys / mwɛ̃] sil vu plɛ

散裝販售時

➤➤ 請給我 ☐ 歐元左右的份量。（→數字請參閱P184）
Servez m'en pour ☐ euros environ.
sɛrve mɑ̃ pur ☐ øro ɑ̃virɔ̃

➤➤ 這樣多少錢？
Pouvez-vous me dire le prix ?
puvevu mə dir lə pri ↗

輕輕舉手示意

➤➤ 這樣就好了，謝謝。
C'est bien. Merci.
sɛ bjɛ̃ mɛrsi

➤➤ 我就買這些。
C'est tout.
sɛ tu

➤➤ 可以幫我再加熱嗎？
Pouvez-vous réchauffer ?
puvevu reʃofe ↗

➤➤ 請給我 [餐具 / 紙巾]。
[Des couverts / Une serviette] , s'il vous plaît.
[de kuvɛr / yn sɛrvjɛt] sil vu plɛ

Fromagerie
乳酪店

法國的乳酪種類繁多，多到一年365天都吃不一樣的乳酪也不成問題。到了法國，不論是否喜歡乳酪，都建議一定要品嚐一次道地的法國乳酪。快使用本書介紹的例句，到店裡購買各種乳酪來吃吃看吧。

➤ 請給我 ☐ 。

Je voudrais ☐ , s'il vous plaît.

ʒə vudre ☐ sil vu plɛ

牛奶乳酪：**un fromage au lait de vache**

[œ̃ frɔmaʒ o lɛ də vaʃ]

山羊奶乳酪：**un fromage au lait de chèvre**

[œ̃ frɔmaʒ o lɛ də ʃɛvr]

羊奶乳酪：**un fromage au lait de brebis**

[œ̃ frɔmaʒ o lɛ də brəbi]

藍紋乳酪：**un fromage bleu** [œ̃ frɔmaʒ blø]

生奶乳酪：**un fromage au lait cru** [œ̃ frɔmaʒ o lɛ kry]

高溫殺菌過的牛奶乳酪：**un fromage au lait pasteurisé**

[œ̃ frɔmaʒ o lɛ pastœrize]

受日本人歡迎的乳酪：**des fromages qui plaisent aux japonais**

[de frɔmaʒ ki plɛz o ʒapɔnɛ]

卡門貝爾（白黴）乳酪：**un camembert de Normandie**

[œ̃ kamɑ̃bɛr də nɔrmɑ̃di]

洛克福（藍紋）乳酪：**un roquefort** [œ̃ rɔkfɔr]

利瓦羅（洗浸）乳酪：**un livarot** [œ̃ livaro]

● 這樣的份量可以嗎？
Comme ça, ça vous va ?
kɔm sa sa vu va ↗

> 若不是整塊購買
> 店員會和客人確認
> 需要的份量

■■ 好，這樣就可以了。
Oui, c'est bien.
wi sɛ bjɛ̃

■■ 再 [大 / 小] 一點。
Un peu [plus / moins] , s'il vous plaît.
œ̃ pø [plys / mwɛ̃] sil vu plɛ

■■ 這樣多少錢？
Pouvez-vous me dire le prix ?
puvevu mə dir lə pri ↗

■■ 我比較喜歡 [未十分熟成的 / 完全熟成的]。
Je préfère [pas trop / bien] affiné.
ʒə prefɛr [pa tro / bjɛ̃] afine

■■ 哪些乳酪比較不嗆鼻？
Quels sont les fromages pas trop forts ?
kɛl sɔ̃ le frɔmaʒ pa tro fɔr ↗

■■ 我可以試吃嗎？
Je peux goûter, s'il vous plaît ?
ʒə pø gute sil vu plɛ ↗

> 許多乳酪店
> 也有賣葡萄酒

■■ 這種乳酪和哪一種葡萄酒比較搭？
Quel vin vous me conseillez avec ce fromage ?
kɛl vɛ̃ vu mə kɔ̃sɛje avɛk sə frɔmaʒ ↗

■■ 可以保存幾天呢？
Combien de jours ça se conserve ?
kɔ̃bjɛ̃ də ʒur sa sə kɔ̃sɛrv ↗

■■ 可以幫我做真空包裝嗎？
Pouvez-vous le mettre sous vide ?
puvevu lə mɛtr su vid ↗

> 為了方便帶上飛機
> 有些店可以做真空包裝

Cave à vin

葡萄酒店

你是否想帶幾瓶法國的葡萄酒當伴手禮送給親朋好友，卻不知如何選購呢？其實不用太緊張，就算是法國人也會聽從店家的建議再選購。只要約略告知想要的葡萄酒種類（紅、白、玫瑰酒）、預算或重量等資訊，店員就會幫忙選擇適合的葡萄酒。

▰▰▰ 我在找 ▭ 。

Je cherche ▭ .

ʒə ʃɛrʃ ▭

紅酒：**un vin rouge** [œ̃ vɛ̃ ruʒ]

白酒：**un vin blanc** [œ̃ vɛ̃ blɑ̃]

玫瑰酒：**un vin rosé** [œ̃ vɛ̃ roze]

香檳酒：**un champagne** [œ̃ ʃɑ̃paɲ]

波爾多葡萄酒：**un vin de Bordeaux** [œ̃ vɛ̃ də bɔrdo]

勃艮地葡萄酒：**un vin de Bourgogne** [œ̃ vɛ̃ də burgɔɲ]

羅亞爾葡萄酒：**un vin de Loire** [œ̃ vɛ̃ də lwar]

隆河谷地葡萄酒：**un vin des Côtes du Rhône**

[œ̃ vɛ̃ de kot dy ron]

阿爾薩斯葡萄酒：**un vin d'Alsace** [œ̃ vɛ̃ dalzas]

朗多克葡萄酒：**un vin du Languedoc** [œ̃ vɛ̃ dy lɑ̃gdɔk]

氣泡葡萄酒：**un vin pétillant** [œ̃ vɛ̃ petijɑ̃]

蘋果酒：**du cidre** [dy sidr]

餐前酒：**un apéritif** [œ̃ naperitif]

餐後酒：**un digestif** [œ̃ diʒestif]

我比較喜歡 ⬜⬜⬜ 的葡萄酒。

Je préfère un vin ⬜⬜ **.**

ʒə prefɛr œ̃ vɛ̃ ⬜⬜

辛辣的：**sec** [sɛk]	甜的：**doux** [du]	淡的：**léger** [leʒe]
濃烈的：**corsé** [kɔrse]	果香的：**fruité** [frɥite]	

您推薦哪種葡萄酒呢？

Quel vin vous me conseillez ?

kɛl vɛ̃ vu mə kɔ̃sɛje ↗

可以推薦我 ⬜⬜⬜ 歐元左右的葡萄酒嗎？(→數字請參閱P184)

Pouvez-vous me conseiller un vin autour de ⬜⬜ **euros ?**

puvevu mə kɔ̃sɛje œ̃ vɛ̃ otur də ⬜⬜ øro ↗

有沒有半瓶裝(小酒瓶)的酒？

Avez-vous des demi bouteilles ?

avevu de dəmi butɛj ↗

我在找價錢比較實惠的 [葡萄酒 / 香檳酒]。

Je cherche [un vin / un champagne] à un prix raisonnable.

ʒə ʃɛrʃ [œ̃ vɛ̃ / œ̃ ʃɑ̃paɲ] a œ̃ pri rɛzɔnabl

請告訴我這種酒的適飲溫度。

Il doit être servi à quelle température ?

il dwa tɛtr sɛrvi a kɛl tɑ̃peratyr ↗

請 [常溫 / 冰過後] 飲用。

Il doit être servi à température [ambiante / fraîche] .

il dwa tɛtr sɛrvi a tɑ̃peratyr [ɑ̃bjɑ̃t / frɛʃ]

有沒有冰的香檳酒？

Avez-vous une bouteille de champagne frais ?

avevu yn butɛj də ʃɑ̃paɲ frɛ ↗

哪一種葡萄酒和 [肉料理 / 魚料理 / 乳酪] 比較搭？

Quel vin va bien avec [la viande / le poisson / le fromage] ?

kɛl vɛ̃ va bjɛ̃ avɛk [la vjɑ̃d / lə pwasɔ̃ / lə frɔmaʒ] ↗

吃美食 可能遇到的問題

特地來到法國餐廳吃飯，若被突發狀況搞砸，那就太掃興了。請記得若發生
任何問題，務必清楚且禮貌地告知工作人員，最後才能愉快地走出店外喔。

訂位

明明有訂位，卻不在訂位名單中時

◀◀◀ 我有用 [電話 / 電子郵件] 訂位。

J'ai bien réservé par [téléphone / mail] .

ʒɛ bjɛ̃ rezɛrve par [telefɔn / mɛl]

可能用了別人的名字訂位時

◀◀◀ 請查一下是否有用 ☐☐☐ 名字的訂位好嗎？

Vous n'avez pas de réservation au nom de ☐☐☐ ?

vu nave pa də rezɛrvasjɔ̃ o nɔ̃ də ☐☐☐ ↗

◀◀◀ （沒有在訂位名單）我們可以用餐嗎？

Vous avez une table quand même ?

vu zave yn tabl kɑ̃ mɛm ↗

◀◀◀ 比原來 [少 / 多] 1人可以嗎？

**Il y a une personne [en moins / en plus] que prévu.
Est-ce que ça va ?**

i li ja yn pɛrsɔn [ɑ̃ mwɛ̃ / ɑ̃ plys] kə prevy

ɛs kə sa va ↗

結帳

◀◀◀ （用手指著說）我沒有點這個。

Je n'ai pas commandé ça.

ʒə nɛ pa kɔmɑ̃de sa

這應該不是我們這桌的帳單。

J'ai l'impression que vous vous êtes trompé de table.

ʒɛ lɛ̃prɛsjɔ̃ kə vu vu zɛt trɔ̃pe də tabl

結帳金額好像算錯了。

J'ai l'impression qu'il y a une erreur dans le total.

ʒɛ lɛ̃prɛsjɔ̃ ki li ja ynɛrœr dɑ̃ lə tɔtal

不好意思，可以給我找的錢嗎？

Pardon, pouvez-vous me rendre la monnaie ?

pardɔ̃ puvevu mə rɑ̃dr la mɔnɛ ⬈

走出店外

我把 ⬚⬚⬚ 忘在座位上了。

J'ai oublié ⬚⬚⬚ sur la chaise.

ʒɛ ublije ⬚⬚⬚ syr la ʃɛz

我的帽子：**mon chapeau** [mɔ̃ ʃapo]

我的雨傘：**mon parapluie** [mɔ̃ paraplɥi]

我的圍巾：**mon écharpe** [mɔ̃ neʃarp]

我的手套：**mes gants** [me gɑ̃]

我的紙袋：**mon sac en papier** [mɔ̃ sak ɑ̃ papje]

我的包包：**mon sac** [mɔ̃ sak]

將餐廳電話交給飯店櫃台人員

我把 ⬚⬚⬚ 忘在餐廳了，麻煩幫我打電話確認一下好嗎？

J'ai oublié ⬚⬚⬚ dans ce restaurant. Pouvez-vous les appeler pour le vérifier ?

ʒɛ ublije ⬚⬚⬚ dɑ̃ sə rɛstɔrɑ̃ puvevu le zaple pur lə verifje ⬈

我［現在／明天］過去拿，麻煩幫我保留一下好嗎？

Je vais venir le chercher ［tout de suite / demain］.
Pouvez-vous le mettre de côté en attendant ?

ʒə vɛ vənir lə ʃɛrʃe [tu də sɥit / dəmɛ̃]
puvevu lə mɛtr də kote ɑ̃ natɑ̃dɑ̃ ⬈

如何向餐廳訂位&看懂菜單

若一定要吃到某間餐廳,建議事先訂位。不過,除非是人氣超夯的餐廳,
必須提前好幾個月預約,否則等來到巴黎後再訂位也不遲。

向餐廳訂位

● 請飯店人員代為訂位

這是比較建議的做法。可以將以下資料寫在紙上,請工作人員幫忙訂位。

▰▰ 請幫我訂這家餐廳好嗎?

Pouvez-vous réserver ce restaurant pour moi, s'il vous plaît ?

puvevu rezɛrve sə rɛstɔrɑ̃ pur mwa sil vu plɛ ↗

Nom du restaurant(店名): _____ **Date**(日期、星期): _____

Heure(時間): _____ **Nombre de personnes**(人數): _____

Au nom de(本人或訂位者的名字): _____

> 日期順序為日、月
> 時間為24小時制

● 用電子郵件訂位

近年來許多店家都成立了官方網站。

如果該餐廳能用電子郵件訂位,不妨使用以下英文格式的信件。

Dear Sir or Madame,
My name is Hanako Sato(訂位者的姓名)**.**
I would like to reserve for 2 persons(人數)
on March 10th at 20:00(月、日 at 時間)**.**
Please let me know the availability
and give me a confirmation by return.
Thank you in advance.
Best Regards, Hanako Sato

您好,我的名字是佐藤花子。我想預約 3 月 10 日 20 點 2 人的位子。請幫我確
認並回覆是否有訂位成功,謝謝。 佐藤花子

看懂菜單

一般來說，法國餐廳的菜單分為「à la carte 單點」與選擇較少卻划算的「au menu 套餐」。有的店家會在黑板上寫菜單，寫法大同小異，這裡以套餐為例。

---

*1 *Menu du midi* 〈午間套餐〉
*2 *Entrée et Plat ou Plat et Dessert* : 27€
前菜＋主菜 或 主菜＋甜點

Entrée, Plat et Dessert : 33€
前菜＋主菜＋甜點

*3 *Entrées* 〈前菜〉
Terrine de Foie Gras de canard 鴨肝凍
Six huîtres (sup. : 2,50€)^{*4} 生蠔6個（加2.50歐元）

Plats 〈主菜〉
Tartare de Bœuf Charolais, pommes frites
韃靼生牛肉配炸薯條

Pavé de Saumon de Norvège rôti 烤挪威鮭魚

Desserts 〈甜點〉
Crème brûlée à la vanille 香草烤布蕾
Moelleux au chocolat, crème glacée à la vanille
巧克力蛋糕佐香草冰淇淋

★1「**menu / mǝny**」指的是套餐料理。午間套餐叫「**menu du midi / mǝny dy midi**」，晚間套餐則是「**menu du soir / mǝny dy swar**」。我們常說的菜單是「**carte / kart**」。主要在午間提供，比較經濟實惠的套餐（大多為兩道菜）叫做「**formule / fɔrmyl**」。有些餐廳還會提供每日更換的本日主菜「**plat du jour / pla dy ʒur**」。

★2 可以選擇前菜＋主菜或主菜＋甜點，或是三道菜都選的組合。「**et / e**」相當於英文的「**and**」，「**ou / u**」相當於英文的「**or**」。

★3 前菜、主菜、甜點都是從幾道料理中選一道，所以用複數。

★4 選擇這項前菜要多加2.50歐元。

{ 購物 }

Acheter

在巴黎，就算完全不懂法語，光靠肢體語言
也能大肆購物。不過都來到了巴黎，是不是
很想靠自己的力量與店員溝通，順利買到喜
歡的東西呢？你的努力肯定會為旅程增添
不少難忘的經驗。快記下書中介紹的常用短
句，放膽去體驗法國獨特的購物文化吧！

開心購物的6個基本知識

1. 主動打招呼

進入店內記得先說聲「Bonjour」。法文裡沒有相當於「歡迎光臨」的話，通常店員也會回應「Bonjour」。

2. 呼叫店員

通常小型商店的店員會與顧客打招呼，如有想找的東西不妨儘快問店員，若錯失了時機，等到想詢問或試穿時，店員很可能正忙著招呼別的客人。至於大型商店的店員一般不會特地過來打招呼，若有任何疑問，可以主動用「s'il vous plait」呼叫店員。

3. 試穿前先告知店員

無論是衣服、鞋子或首飾，想要試穿或試戴時，最好事先告知店員，以免造成不必要的糾紛。

4. 結帳時請耐心等候

在超市或商店裡看到長長的結帳隊伍請別焦慮。其實大多數的法國人都蠻有耐心的，結帳後請仔細確認找的錢是否正確，並把錢確實收進錢包裡再離開。

5. 小心扒手

巴黎的市集或跳蚤市場基本上只收現金，請事先把錢準備好。請注意在人群擁擠的地方，人與人的碰觸頻繁，千萬要小心扒手，購物時盡量只帶最低限度的現金。

6. 道別後再離開

就算只是逛逛，或什麼都沒買，也要記得和店員說聲「Merci, au revoir」再走出店外。

購物 必學的6句話

雖然每個國家的購物習慣不同，但不管走到哪，只要學會說明想買的商品，以及確認價錢就沒問題了。臨走前別忘了和店員道別喔。

1

我在找 _____。

Je cherche _____ .

ʒə ʃɛrʃ _____

逛街的時間總是過得特別快，大多數人都希望能在短時間內快速買完紀念品，這時直接詢問店員是最快的辦法。也可以說「Je voudrais / ʒə vudrɛ」。

2

我只是隨便看看。

Je regarde seulement.

ʒə rəgard sœlmɑ̃

在法國逛街，店員通常會過來詢問「請問需要幫忙嗎？」，如果只想自己慢慢逛就可以這麼說。若這句話太長了記不起來，也可以只說「Non, merci」。

3

可以試穿嗎？

Je peux l'essayer ?

ʒə pø lɛsɛje ♪

想要試穿前最好先和店員打聲招呼。動詞「essayer / ɛsɛje」是「嘗試」的意思，無論是試穿衣服、鞋子、首飾、圍巾或太陽眼鏡等，都可以用這句話。

（4）

這個多少錢？

C'est combien ?

sɛ kɔ̃bjɛ̃ ↗

這句話非常實用，在商品沒有標價的跳蚤市場、看不懂手寫的價目表、不確定特價後的價格時都可以詢問。為了避免結帳時被價錢嚇到，還是先問清楚比較好。

（5）

我要買這個。

Je prends ça.

ʒə prɑ̃ sa

決定好想買的東西之後，可以用手指著該物品向店員示意。如果不知道怎麼唸，就可以說「ça / sa 這個」。想購買好幾項商品時可以說「Je prends ça et ça. / ʒə prɑ̃ sa e sa」，像這樣重複「ça」即可。

（6）

這樣就好了。

C'est tout.

sɛ tu

表示「我就買這些」時所用的重要短句。在市場購買好幾項商品時，只要說這句話老闆就會替你結帳。另外像在服飾店裡聽到店員問「還需要其他東西嗎？」，也是回答「Non, c'est tout. / nɔ̃ sɛ tu」就可以了。

服飾店 的基本對話

在巴黎買東西，與店員互動是很重要的。這裡以服飾店為例，介紹可能用到的
基本對話。

進入店內～找衣服

詳細請參閱→P71

■■ 您好。

> **Bonjour.**
> bɔ̃ʒur

● 您好。

> **Bonjour.**
> bɔ̃ʒur

● 請問需要幫忙嗎？

> **Est-ce que je peux vous aider ?**
> ɛs kə ʒə pø vu zede ↗

■■ 好啊，我在找 [上衣]。

> **Oui, je cherche [un petit haut].**
> wi ʒə ʃɛrʃ [œ̃ pəti o]

■■ 不用了，謝謝。
我只是隨便看看。

> **Non merci. Je voudrais juste regarder.**
> nɔ̃ mɛrsi ʒə vudre ʒyst rəgarde

● 請慢慢看。
有需要幫忙的地方都可以叫我。

> **Je vous en prie. N'hésitez pas à m'appeler si vous avez besoin.**
> ʒə vu zɑ̃ pri nezite pa a maple si vu zave bəzwɛ̃

■■ 好，謝謝。

> **Oui, merci.**
> wi mɛrsi

試穿

詳細請參閱→P76

■■ 不好意思。
我可以試穿 [這件洋裝] 嗎？

> **S'il vous plaît. Je peux essayer [cette robe] ?**
> sil vu plɛ ʒə pø ɛsɛje [sɛt rɔb] ↗

● 當然可以。
請問您的尺寸是幾號？

Bien sûr. Vous faites quelle taille ?
bjɛ̃ syr vu fɛt kɛl taj ↗

▶◀ [36] 號。

Je fais du [trente-six].
ʒə fɛ dy [trɑ̃tsis]

● 請稍等一下。

Veuillez patienter un instant.
vøje pasjɑ̃te œ̃ nɛ̃stɑ̃

● 對不起，這個尺寸已經賣完了。

Nous n'avons plus cette taille.
Désolé.
nu navɔ̃ ply sɛt taj dezɔle

● 請使用這間試衣間。

Vous pouvez utiliser cette cabine
d'essayage.
vu puve ytilize sɛt kabin desɛjaʒ

● 您喜歡嗎？

Alors, ça vous plaît ?
alɔr sa vu plɛ ↗

▶◀ 喜歡，我要買 [這件洋裝]。

Oui. Je prends [cette robe].
wi ʒə prɑ̃ [sɛt rɔb]

▶◀ 不，不太適合我。謝謝。

Non, ça ne me convient pas.
Merci.
nɔ̃ sa nə mə kɔ̃vjɛ̃ pa mɛrsi

● 您要不要看看別的東西呢？

Voulez-vous voir autre chose ?
vulevu vwar otr ʃoz ↗

▶◀ 不用了，這樣就好。謝謝。

Non, c'est tout. Merci.
nɔ̃ sɛ tu mɛrsi

▶◀ 好，我再逛一下店裡。

Oui. Je vais faire un petit tour
dans le magasin.
wi ʒə vɛ fɛr œ̃ pəti tur dɑ̃ lə magazɛ̃

● 您要買的 [洋裝] 我先為您保管。

Je mets [la robe] de côté
en attendant.
ʒə mɛ [la rɔb] də kote ɑ̃ natɑ̃dɑ̃

▶◀ 謝謝。

Merci.
mɛrsi

結帳 詳細請參閱→P77

● 請在這裡結帳。

Je vous accompagne à la caisse.
ʒə vu zakɔ̃paɲ a la kɛs

● 一共是 [89歐元]。

**Ça fait [quatre-vingt-neuf euros],
s'il vous plaît.**
sa fɛ [katrvɛ̃nœf øro] sil vu plɛ

◼◼ 我要刷卡。

Je paie par carte.
ʒə pɛj par kart

◼◼ 我要付現。

Je paie en espèces.
ʒə pɛj ɑ̃ nɛspɛs

● 請按密碼。

**Veuillez taper votre code,
s'il vous plaît.**
vøje tape vɔtr kɔd sil vu plɛ

● 這是商品收據與信用卡收據。

**Voici le ticket de caisse et le
ticket de carte.**
vwasi lə tikɛ də kɛs e lə tikɛ də kart

● 要包裝成禮品嗎？

Voulez-vous un paquet cadeau ?
vulevu œ̃ pakɛ kado ♪

◼◼ 好，麻煩了。

Oui, s'il vous plaît.
wi sil vu plɛ

◼◼ 不用了，謝謝。

Non, merci.
nɔ̃ mɛrsi

走出店外

● 謝謝您，祝您有美好的一天。

Merci à vous. Je vous souhaite une bonne journée.
mɛrsi a vu ʒə vu swɛt yn bɔn ʒurne

🎀 謝謝，再見。

Merci beaucoup. Au revoir.
mɛrsi boku o rəvwar

許多人到巴黎旅行的目的，就是要到時尚的服飾店逛逛。雖然我們都想悠閒地試穿，慢慢地挑選喜歡的衣服，但旅行時間通常不允許我們這麼做。因此，最有效率的方式就是將尺寸、顏色及想要的樣式告知店員，請他們幫忙。參考本書的例句和店員溝通，一定能找到獨一無二、別具巴黎風的服飾。

進入店內

記得先和店員說聲
「Bonjour」

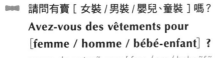

我要找 □□□ 。（→詳細請參閱P72）
Je cherche □□□ .
ʒə ʃɛrʃ □□□

我想逛逛。
Je voudrais juste regarder.
ʒə vudre ʒyst rəgarde

請問有賣 [女裝／男裝／嬰兒、童裝] 嗎？
**Avez-vous des vêtements pour
[femme / homme / bébé-enfant] ?**
avevu de vɛtmã pur [fam / ɔm / bebeãfã] ♪

不好意思，我有問題想請教您。
**Excusez-moi. Je voudrais vous poser une
question.**
ɛkskyzemwa ʒə vudre vu poze yn kɛstjɔ̃

我可以攤開來看看嗎？
Je peux le déplier pour regarder ?
ʒə pø lə deplije pur rəgarde ♪

請問有賣 □□□ 品牌的商品嗎？
Vous avez la marque □□□ ?
vu zave la mark □□□ ♪

給店員看
雜誌或書

我在找這張照片裡的商品。
Je cherche la même chose que sur cette photo.
ʒə ʃɛrʃ la mɛm ʃoz kə syr sɛt fɔto

[櫥窗／模特兒] 的衣服是哪一件？
Je voudrais voir le même vêtement que [la vitrine / le mannequin].
ʒə vudre vwar lə mɛm vɛtmã kə [la vitrin / lə mankɛ̃]

在精品店或
百貨公司內

小叮嚀

不論是服飾店或任何店
家，進入店內時店員都
會對顧客打招呼，這是
法國人的習慣。如果
已經有要買或要找的東
西，不妨直接問店員。
只想隨便看看的人，明
確地告知店員後，便可
以依自己的步調在店內
慢慢逛。

H&M 或 ZARA 等大型
連鎖服飾店的店員一般
只會說聲「Bonjour」，並
不會主動詢問是否需要
幫忙。

在小店或是高級服飾店
裡想把衣服攤開來看
時，請先詢問店員。

大型連鎖服飾店通常可
以自由地把衣服攤開來
看。確定要買的商品，也
可以先拿在手上再繼續
逛。

我要找 ☐ 。 **Je cherche** ☐ . ʒə ʃɛrʃ ☐

請問有 ☐ 嗎？ **Vous avez** ☐ ? vu zave ☐ ♪

~~~~~~

上衣
（橫紋上衣）[1]
**un haut /
une marinière**
œ̃ o / yn marinjɛr

裙子[2]
une jupe
yn ʒyp

（女用）襯衫
un chemisier
œ̃ ʃəmizje

長褲
un pantalon
œ̃ pɑ̃talɔ̃

洋裝
une robe
yn rɔb

大衣
un manteau
œ̃ mɑ̃to

針織衫[3]
un pull en maille
œ̃ pyl ɑ̃ maj

開襟羊毛衫[4]
un gilet
œ̃ ʒilɛ

套裝上衣
une veste
yn vɛst

★1 「haut」是「上面」的意思。有時也叫做「petit haut / pəti o」。　★2 迷你裙是「mini jupe / mini ʒyp」，長裙是「jupe longue / ʒyp lɔ̃g」　★3 「pull」是類似厚運動衣的上衣。　★4 前有鈕扣的女用羊毛衫。男用的無袖背心也叫「gilet」。

〈 衣服 〉

牛仔褲 / 緊身褲：**un jean / un slim** [œ̃ dʒin / œ̃ slim]

T 恤：**un T-shirt** [œ̃ tiʃœrt]

襯衫：**une chemise** [yn ʃəmiz]

風衣[5]：**un trench-coat** [œ̃ trɛnʃkot]

粗毛呢外套[5]：**un duffle-coat** [œ̃ dœfəlkot]

羽絨外套：**une doudoune** [yn dudun]

夾克：**un blouson** [œ̃ bluzɔ̃]

緊身短上衣：**une tunique** [yn tynik]

緊身褲：**un legging** [œ̃ legiŋ]

游裝：**un maillot de bain** [œ̃ majo də bɛ̃]

〈 衣服款式 〉

短袖：**manches courtes** [mɑ̃ʃ kurt]

長袖：**manches longues** [mɑ̃ʃ lɔ̃g]

無袖：**sans manches** [sɑ̃ mɑ̃ʃ]

圓領：**à col roulé** [a kɔl rule]

V 領：**à col en V** [a kɔl ɑ̃ ve]

〈 內衣 〉

細肩帶小可愛[6]：**un caraco** [œ̃ karako]

無袖上衣[7]：**un débardeur** [œ̃ debardœr]

胸罩[8]：**un soutien-gorge** [œ̃ sutjɛ̃gɔrʒ]

內褲（女用）：**une culotte** [yn kylɔt]

襪子：**des chaussettes** [de ʃosɛt]

褲襪：**un bas** [œ̃ ba]

緊身褲：**un collant** [œ̃ kɔlɑ̃]

四角內褲（男用）[9]：**un caleçon** [œ̃ kalsɔ̃]

三角內褲（男用）：**un slip** [œ̃ slip]

★5 皆可省略為「coat」。　★6 細肩帶「bretelles / brətɛl」的襯衣。　★7 也可以用「marcel / marsɛl」。　★8 罩杯雖然標示 A、B、C，但尺寸可能與台灣不同。　★9 也可以用與英語相同的「boxer / bɔksœr」。

■■■ 有其他顏色嗎？（→顏色請參閱P75、104）

Vous l'avez dans d'autres couleurs ?

vu lave dã dotr kulœr ↗

■■■ 這是什麼質料的？

C'est en quelle matière ?

sɛ tã kɛl matjɛr ↗

> 想買衣服給
> 男性時

■■■ 身高 [175公分] 的男性要穿什麼尺寸？

Quelle taille faut-il pour un homme de [1m75] ?

kɛl taj fotil pur œ̃ nɔm də [œ̃ mɛtr swasãtkɛz] ↗

（→尺寸請參閱P90）

■■■ [感覺 / 顏色 / 款式] ⬜⬜⬜ 的洋裝。

une robe [dans un style / dans une couleur / avec une coupe] ⬜⬜⬜

yn rɔb [dã zœ̃ stil / dã zyn kulœr / avɛk yn kup] ⬜⬜⬜

〜〜〜〜〜〜〜〜〜〜〜〜〜〜〜〜

■■■ [感覺 / 顏色 / 款式] 不要太 ⬜⬜⬜ 的上衣。

un petit haut [dans un style / dans une couleur / avec une coupe] pas trop ⬜⬜⬜

œ̃ pəti o [dã zœ̃ stil / dã zyn kulœr / avɛk yn kup] pa tro ⬜⬜⬜

> 把單字加在
> 商品的後面

〜〜〜〜〜〜〜〜〜〜〜〜〜〜〜〜

8 小叮嚀

想說「我想要□□質料的○○」，只要在商品與質料之間加上「en」，如「Je cherche ○○ en □□」就可以了。例如：「Je cherche une robe en soie. / ʒə ʃɛrʃ yn rɔb ã swa 我在找絲質的洋裝。」

模素的：**sobre** [sɔbr]

華麗的：**flamboyant(e)** ★1 [flãbwajã / flãbwajãt]

古典的：**classique** [klasik]

有個性的：**original(e)** [ɔriʒinal]

高雅的：**élégant(e)** [elegã / elegãt]

俗氣的：**vulgaire** [vylgɛr]

女性化的：**féminin(e)** [feminɛ̃ / feminin]

正式的：**habillé(e)** [abije]

休閒的：**décontracté(e)** [dekɔ̃trakte]

時尚的：**chic** [ʃik]

女孩子氣的：**girly** [gœrli]

年輕的：**jeune** [ʒœn]

★1 放在「couleur / kulœr」與「coupe / kup」後面的話，要用括號內的陰性形態。無標註括號的字代表陰陽性相同。不確定陰陽性的話也可以用手指著書上的單字。

有 ▭ 顏色的嗎？

Vous l'avez en ▭ ?

vu lave ɑ̃ ▭ ↗

黑色：**noir** [nwar] ●
咖啡色：**brun** [brœ̃] ●
白色：**blanc** [blɑ̃] ○
海軍藍：**bleu marine** [blø marin] ●
灰色：**gris** [gri] ●
紅色：**rouge** [ruʒ] ●
米色：**beige** [bɛʒ] ●
→其他顏色請參閱 P104

〈 質料 〉

棉：**coton** [kɔtɔ̃]
絲質：**soie** [swa]
羊毛：**laine** [lɛn]
喀什米爾羊毛：**cachemire** [kaʃmir]
皮革：**cuir** [kɥir]
聚酯纖維：**polyester** [pɔliɛstɛr]
麻：**lin** [lɛ̃]
蕾絲：**dentelle** [dɑ̃tɛl]
毛皮 / 人造毛：**fourrure / fausse fourrure** [furyr / fos furyr]

〈 圖案 〉

素面：**sans motif** [sɑ̃ mɔtif]
有花紋的：**avec motif** [avɛk mɔtif]
格子：**vichy** [viʃi]
條紋★2：**rayé** [reje]
圓點：**à petits pois** [a pəti pwa]
碎花：**Liberty** [libɛrti]
印花：**imprimé** [ɛ̃prime]
千鳥格：**pied de coq** [pje də kɔk]
豹紋：**léopard** [leɔpar]
斑馬紋：**zèbre** [zɛbr]
迷彩紋：**motif camouflage** [mɔtif kamuflaʒ]

★2 直條或橫條。藍白條紋是「marinière / marinjɛr」。

試穿

■■■ 我可以試穿這件嗎？
Je peux l'essayer ?
ʒə pø lɛsɛje ↗

■■■ 試衣間在哪裡？
Où est la cabine d'essayage ?
ou ɛ la kabin desɛjaʒ ↗

■■■ 這款有 ⬚ 尺寸嗎？
Avez-vous la taille ⬚ ?
avevu la taj ⬚ ↗

■■■ 我能試穿這款的 [36] 與 [38] 號嗎？
Je peux essayer le même modèle en [trente-six] et [trente-huite] ?
ʒə pø ɛsɛje lə mɛm mɔdɛl ã [trãtsis] e [trãtɥit] ↗

■■■ [1 / 2 / 3 / 4 / 5] 件。
[Un / Deux / Trois / Quatre / Cinq] articles.
[œ̃ / dø / trwa / katr / sɛ̃k] artikl

> 告知店員
> 要試穿的件數

■■■ 不太適合我。
Ça ne me va pas.
sa nə mə va pa

> 店員詢問
> 是否喜歡時

■■■ 尺寸剛好。
La taille est bonne.
la taj ɛ bɔn

■■■ [有點 / 太] ⬚ 。
C'est [un peu / très] ⬚ .
sɛ [tœ̃ pø / trɛ] ⬚

🎗 小叮嚀

百貨公司可能會有不同品牌共用試衣間的情形，因此試穿前最好先向店員確認。

大型連鎖服飾店會限制試穿件數，進試衣間之前請先向工作人員拿取試穿件數的牌子。

小的：**petit** [pəti]　　鬆的：**large** [larʒ]　　短的：**court** [kur]

大的：**grand** [grã]　　緊的：**serré** [sɛre]　　長的：**long** [lɔ̃]

🎀 可以試穿 [大 / 小] 一號的嗎？

Je peux essayer la taille [au dessus / en dessous] ?

ʒə pø ɛsɛje la taj [o dəsy / ã dəsu] ↗

建議直接講尺寸號碼

🎀 我要買這個。

Je prends ça.

ʒə prã sa

🎀 對不起，我不買這個。

Je ne prends pas ça, désolé(e).

ʒə nə prã pa sa dezɔle

🎀 我再考慮一下。

Je vais réfléchir un peu.

ʒə vɛ reflɛʃir œ̃ pø

結帳

🎀 多少錢？

C'est combien ?

sɛ kɔ̃bjɛ̃ ↗

最好再確認一下
是否為特價品

🎀 這是特價商品嗎？

Cet article est en soldes ?

sɛ tartikl ɛ tã sɔld ↗

🎀 這是打折後的價格嗎？

Ce prix est déjà soldé ?

sə pri ɛ deʒa sɔlde ↗

🎀 請問有修改的服務嗎？要多少錢呢？

Faites-vous les retouches ? Ça coûte combien ?

fɛtvu le rətuʃ ↗ sa kut kɔ̃bjɛ̃ ↗

🎀 請問能退稅嗎？

Faites-vous la détaxe ?

fɛtvu la detaks ↗

😊 小叮嚀

已經決定要購買的商
品，可以先交給店員保
管，不用一直拿著在店
內走來走去。

一般來說，修改長度或
下擺「ourlets / urlɛ」都
是要收費的，而且需要
幾個工作天，建議回國
後再修改。

好想買個夢寐以求的新包包，也想選購巴黎風小物送給親朋好友…到了巴黎，建議一定要到飾品店逛逛。若不想花太多時間，或找不到想買的款式，不妨主動告知預算或送禮對象，再請店員幫忙挑選。試著運用本書的例句，為巴黎之旅找些漂亮的紀念品吧。

我在找 ☐ 。

Je cherche ☐ .

ʒə ʃɛrʃ ☐

〈 包包 〉

托特包：**un tote bag / un cabas** [œ̃ tot bag / œ̃ kabɑ]

手提包：**un sac à main** [œ̃ sa ka mɛ̃]

斜背包 / 肩背包*1：**une besace / un sac bandoulière**
[yn bəzas / œ̃ sak bɑ̃duljɛr]

後背包：**un sac à dos** [œ̃ sa ka do]

手提行李箱：**une valise** [yn valiz]

旅行包：**un sac de voyage / un sac week-end**
[œ̃ sak də vwajaʒ / œ̃ sak wikɛnd]

手拿包：**un clutch** [œ̃ klœtʃ]

小肩包：**un sac pochette** [œ̃ sak pɔʃɛt]

筆電包：**une sacoche PC portable** [yn sakɔʃ pese pɔrtabl]

〈 配件 〉

錢包：**un portefeuille** [œ̃ pɔrtəfœj]

零錢包：**un porte-monnaie** [œ̃ pɔrtəmɔnɛ]

太陽眼鏡：**des lunettes de soleil** [de lynɛt də sɔlɛj]

眼鏡：**des lunettes** [de lynɛt]　　絲巾：**un foulard** [œ̃ fular]

披肩：**une étole** [ynetɔl]　　圍巾：**une écharpe** [yneʃarp]

領帶：**une cravate** [yn kravat]

領帶夾：**une pince à cravate** [yn pɛ̃s a kravat]

袖釦：**des boutons de manchette** [de butɔ̃ də mɑ̃ʃɛt]

手錶：**une montre** [yn mɔ̃tr]　　手套：**des gants** [de gɑ̃]

手帕：**un mouchoir** [œ̃ muʃwar]

皮帶：**une ceinture** [yn sɛ̃tyr]

化妝包：**une trousse de toilette** [yn trus də twalɛt]

折疊傘：**un parapluie pliant** [œ̃ paraplɥi pliɑ̃]

★1 可調整背帶長度的包包。

〈 帽子 〉
貝雷帽：**un béret** [œ̃ berɛ]
一般的帽子：**un chapeau** [œ̃ ʃapo]
毛線帽：**un bonnet** [œ̃ bɔnɛ]
紳士帽★¹：**fedora / trilby / borsalino** [fedɔra / trilbi / bɔrsalino]
遮陽軟帽：**une capeline** [yn kaplin]
鴨舌帽★²：**une casquette** [yn kaskɛt]
草帽：**un chapeau de paille** [œ̃ ʃapo də paj]

★1 紳士帽沒有總稱，依照款式分為「fedora / trilby / borsalino」。　★2 棒球帽也叫「une casquette」。

▶ 我在找 ▭ 的禮物。

Je cherche un cadeau pour ▭ .

ʒə ʃɛrʃ œ̃ kado pur ▭

> 「un cadeau」可替換成
> 絲巾或領帶等物品

(20 幾歲 / 30 幾歲 / 40 幾歲 / 50 幾歲 / 60 幾歲) 的 [男性 / 女性]：

[**un homme / une femme**] **d'une** (**vingtaine / trentaine / quarantaine / cinquantaine / soixantaine**) **d'années.**

[(œ̃ nɔm / yn fam) dyn (vɛ̃tɛn / trɑ̃tɛn / karɑ̃tɛn / sɛ̃kɑ̃tɛn / swasɑ̃tɛn) dane]

小孩 [男孩 / 女孩]：**un enfant** [**un garçon / une fille**]
[œ̃ nɑ̃fɑ̃ (œ̃ garsɔ̃ / yn fij)]

青少年：**un adolescent** [œ̃ nadɔlesɑ̃]

祝賀生日：**un anniversaire** [œ̃ naniversɛr]

祝賀結婚：**un mariage** [œ̃ marjaʒ]

祝賀生產：**une naissance** [ynɛsɑ̃s]

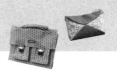

🔹 這款有沒有 ☐☐☐ 質料的？

Avez-vous le même modèle en ☐☐☐ ?

avevu lə mɛm mɔdɛl ã☐☐☐ ↗

皮革：**cuir** [kɥir]	尼龍：**nylon** [nilɔ̃]
布：**tissu** [tisy]	絲：**soie** [swa]

🔹 可以推薦我預算 ☐☐☐ 歐元的禮物嗎？

Qu'est ce que vous me recommandez pour un budget de ☐☐☐ euros ?

kɛs kə vu mə rəkɔmãde pur œ̃ bydʒe də ☐☐☐ øro ↗

🔹 我可以拿起來看看嗎？

Je peux le prendre pour regarder ?

ʒə pø lə prãdr pur rəgarde ↗

🔹 請問有 ☐☐☐ 品牌的嗎？

Vous avez la marque ☐☐☐ ?

vu zave la mark☐☐☐ ↗

🔹 這是什麼質料的？

C'est en quelle matière ?

sɛ tã kɛl matjɛr ↗

🔹 這款有沒有其他顏色？（→顏色請參閱P75、104）

Avez-vous le même modèle dans d'autres couleurs ?

avevu lə mɛm mɔdɛl dã dotr kulœr ↗

🔹 我可以試（戴）嗎？

Je peux l'essayer ?

ʒə pø lesɛje ↗

> 試戴帽子、絲巾
> 或眼鏡時

🔹 有點 [大 / 緊]。

Il est un peu [grand / petit].

i lɛ tœ̃ pø [grã / pəti]

🔹 可以幫我包裝成禮品嗎？

Pouvez-vous faire un paquet cadeau ?

puvevu fɛr œ̃ pakɛ kado ↗

你是否有注意到巴黎有非常多鞋店,從傳統老字號的鞋店,到價格實惠的流行鞋店應有盡有呢?這是因為巴黎人非常講究鞋子的穿搭。選購鞋子的重點,就是一邊試穿、一邊和店員溝通,直到找到適合自己的鞋子。試著用本書介紹的例句找雙舒適好穿的鞋吧。

我在找 ☐ 。 **Je cherche** ☐ . ʒə ʃɛrʃ ☐

芭蕾舞鞋
des ballerines
de balrin

高跟鞋
des escarpins
de zeskarpɛ̃

德比鞋★1
des derbies
de dɛrbi

涼鞋
des sandales
de sɑ̃dal

運動鞋★2
**des tennis /
des baskets**
de tenis / de baskɛt

長靴/短靴
**des bottes /
des bottines**
de bɔt / de bɔtin

★1 紳士綁帶鞋。　★2 瘦長形的是「tennis」，高筒運動款的是「baskets」。

瑪麗珍鞋：**des babies** [de beibiz]

T 字跟鞋：**des salomés** [de salɔme]

厚底鞋：**des compensées** [de kɔ̃pɑ̃se]

雨鞋：**des bottes de pluie** [de bɔt də plɥi]

露趾高跟鞋：**des escarpins à bout ouvert** [de zeskarpɛ̃ a bu uvɛr]

男鞋：**des chaussures homme** [de ʃosyr ɔm]

童鞋：**des chaussures enfant** [de ʃosyr ɑ̃fɑ̃]

實用單字
鞋帶：**lacets** [lasɛ]
鞋（腳）跟：**talon** [talɔ̃]
拉鏈：**fermeture éclair** [fɛrmətyr eklɛr]
魔鬼氈：**scratch** [skratʃ]
鞋墊：**semelle** [səmɛl]
鞋拔：**chausse-pieds** [ʃospje]
防水加工：**imperméable** [ɛ̃pɛrmeabl]
止滑加工：**antidérapant** [ɑ̃tiderapɑ̃]

看商品

▰▰▰ 有沒有［平底／低跟／高跟］的鞋子？
Avez-vous des chaussures [plates / à petits talons / à talons hauts] ?
avevu de ʃosyr [plat / a pəti talɔ̃ / a talɔ̃ o] ↗

▰▰▰ 這款有沒有其他顏色？（→顏色請參閱P75、104）
Avez-vous le même modèle dans une autre couleur ?
avevu lə mɛm mɔdɛl dɑ̃ zynotr kulœr ↗

▰▰▰ 這是什麼材質的？
C'est en quelle matière ?
sɛ tɑ̃ kɛl matjɛr ↗

〈 材質 〉
皮革：**cuir** [kɥir]   牛巴戈：**nubuck** [njubyk]
漆皮：**verni** [vɛrni]   鱷魚皮：**croco** [krɔko]
帆布：**toile** [twal]   橡膠：**caoutchouc** [kautʃu]

試穿

試穿時請先
告知店員

■■■ 我想試穿另一隻腳。

Je voudrais essayer l'autre pied aussi.

ʒə vudre ɛsɛje lotr pje osi

■■■ 可以借我絲襪嗎？

Pouvez-vous me prêter des collants ?

puvevu mə prɛte de kɔlɑ̃ ♪

■■■ 我穿 [36 / 37 / 38 / 39] 號。

Je fais du [trente-six / trente-sept / trente-huit / trente-neuf].

ʒə fɛ dy [trɑ̃tsis / trɑ̃tsɛt / trɑ̃tɥit / trɑ̃tnœf]

（→尺寸表請參閱P90）

■■■ 剛剛好。

La pointure est bonne.

la pwɛ̃tyr ɛ bɔn

某些品牌有半號
例如37.5號

■■■ 太 [鬆 / 緊] 了。

C'est trop [grand / serré] .

sɛ tro [grɑ̃ / sɛre]

■■■ [腳尖 / 腳跟 / 這裡] 會痛。

Ça me fait mal [au bout du pied / au talon / ici].

sa mə fɛ mal [o bu dy pje / o talɔ̃ / isi]

■■■ 可以試穿 [小 / 大] 一號的嗎？

Je peux essayer la pointure [en dessous / au dessus] ?

ʒə pø ɛsɛje la pwɛ̃tyr [ɑ̃ dəsu / o dəsy] ♪

■■■ 有沒有 [小 / 大] 半號的呢？

Avez-vous la demi pointure [en dessous / au dessus] ?

avevu la dəmi pwɛ̃tyr [ɑ̃ dəsu / o dəsy] ♪

■■■ 我不需要鞋盒。

Je n'ai pas besoin de la boîte.

ʒə nɛ pa bəzwɛ̃ də la bwat

在巴黎，無論是大人或小孩，可愛的耳環或
項鍊等飾品對他們來說都是穿搭必備的造型
單品。既然來到了時尚之都巴黎，除了造訪
名牌飾品店之外，有機會不妨也逛逛創意工
作者們的工作室，尋找個性化的手工飾品，
或許會意外發現一顆即將閃閃發光的「寶
石」喔。

▄▄▄ 我在找 ☐ 。

Je cherche ☐ **.**

ʒə ʃɛrʃ ☐

戒指：**une bague** [yn bag]

耳環*1：**des boucles d'oreilles** [de bukl dɔrɛj]

夾式耳環*2：**des boucles d'oreilles clips** [de bukl dɔrɛj klips]

項鍊：**un collier** [œ̃ kɔlje]　　長項鍊：**un sautoir** [œ̃ sotwar]

胸針：**une broche** [yn brɔʃ]　手鍊：**un bracelet** [œ̃ braslɛ]

項鍊墜飾*3：**un pendentif** [œ̃ pɑ̃dɑ̃tif]

頸圈：**un collier ras de cou** [œ̃ kɔlje ra də ku]

小髮夾：**une épingle à cheveux** [ynepɛ̃gl a ʃəvø]

髮帶：**un headband** [œ̃ hɛdbɑ̃d]

髮箍：**un serre-tête** [œ̃ sɛrtɛt]

★1「piercing / pirsiŋ」則是身體穿的洞。　★2 穿洞式和夾式耳環用的是同一個字，所以想找夾式耳環時，可以在後面加上「clips / klip」或「à pince / a pɛ̃s」。　★3 單指「墜飾」，請視情況加上「chaîne / ʃɛn」（鍊子）。

▄▄▄ 這是什麼寶石？

Qu'est-ce que c'est comme pierre ?

kɛs kə sɛ kɔm pjɛr ↗

〈 寶石的種類 〉

鑽石：**un diamant** [œ̃ djamɑ̃]

天然石：**une pierre semi-précieuse** [yn pjɛr səmipresjøs]

土耳其石：**une turquoise** [yn tyrkwaz]

粉晶：**un quartz rose** [œ̃ kwarts roz]

綠寶石：**une émeraude** [ynemrod]　　紅寶石：**un rubis** [œ̃ rybi]

藍寶石：**un saphir** [œ̃ safir]　　珍珠：**une perle** [yn pɛrl]

鋯石：**un zirconium** [œ̃ zirkɔnjɔm]

施華洛世奇：**un Swarovski** [œ̃ swarɔvski]

■■■ 這是什麼材質的？

C'est en quelle matière ?

sε tã kεl matjεr ↗

〈 材質 〉

金：**or** [ɔr]

銀：**argent** [arʒã]

鍍金：**plaqué or / vermeil** [plake ɔr / vεrmεj]

白金：**platine** [platin]

黃銅：**laiton** [lεtɔ̃]

塑膠：**plastique** [plastik]

玻璃：**verre** [vεr]

實用單字

珠寶店、銀樓：**joaillerie** [ʒɔajri]　寶石首飾：**bijou** [biʒu]

鍊子：**chaîne** [ʃεn]　　　　　中性的：**unisexe** [ynisεks]

星型的：**en forme d'étoile** [ã fɔrm detwal]

心型的：**en forme de coeur** [ã fɔrm də kœr]

艾菲爾鐵塔形狀的：**en forme de Tour Eiffel**

[ã fɔrm də tur εfεl]

克拉：**carat** [kara]

■■■ 我可以試（戴）這個嗎？

Je peux l'essayer ?

ʒə pø lεsεje ↗

講尺寸號碼會更清楚

⑨♪ 小叮嚀

法語的「accessoire / aksεswar」是包包、錢包、絲巾等飾品的總稱。

■■■ 可以試 [大 / 小] 一號的嗎？

Je peux essayer la taille [au dessus / en dessous] ?

ʒə pø εsεje la taj [o dəsy / ã dəsu] ↗

■■■ 有沒有鍊子 [長 / 短] 一點的呢？

Avez-vous un modèle avec la chaîne [plus longue / plus courte] ?

avevu œ̃ mɔdεl avεk la ʃεn [ply lɔ̃g / ply kurt] ↗

我在找 [訂婚 / 結婚] 戒指。

Je cherche [une bague de fiançailles / une alliance].

ʒə ʃɛrʃ [yn bag də fijãsaj / ynaljãs]

我的戒圍是 [7 / 9 / 11 / 13] 號。（→尺寸表請參閱P90）

Je fais du [quarante-sept / quarante-neuf / cinquante et un / cinquante-trois].

ʒə fɛ dy [karãtsɛt / karãtnœf / sɛ̃kãte œ̃ / sɛ̃kãttrwa]

可以幫我測量戒圍嗎？（→手指的名稱請參閱P180）

Pouvez-vous prendre la taille de mon doigt ?

puvevu prãdr la taj də mɔ̃ dwa ↗

有點 [緊 / 鬆]。

C'est un peu [petit / grand].

sɛ tœ̃ pø [pəti / grã]

我的手指有點腫。

Mes doigts sont un peu gonflés.

me dwa sɔ̃ tœ̃ pø gɔ̃fle

請問有這一組首飾嗎？

Avez-vous l'ensemble assorti ?

avevu lãsãbl asɔrti ↗

可以幫我包裝成禮品嗎？

Vous pouvez faire un paquet cadeau ?

vu puve fɛr œ̃ pakɛ kado ↗

我戴著走就好。

Je le garde sur moi.

ʒə lə gard syr mwa

98 小叮嚀

結帳時請檢查耳環是否成對。

服裝・飾品的尺寸表

無論是服裝或飾品，法國和台灣的尺寸表皆有所不同。尺寸有時也會依款式或材質而改變。尺寸表畢竟只是參考，如果有時間還是親自試穿比較好。數字的讀法請參考P184。（本書以日系服飾的尺碼來做比較）

有時也會標示 34/36、38/40 或 S、M、L

衣服尺寸

女裝 / Femme `fam`

日本	5 號・SS	7 號・S	9 號・M	11 號・M	13 號・L	15 號・LL
法國	34	36	38	40	42	44

男裝 / Homme `ɔm`

日本	S	M	L
法國	38 或 40	42 或 44	46 或 48

襯衫尺寸和日本相同，如36、37、38等

嬰兒、兒童 [男孩 / 女孩] / Bébé、Enfant [Garçon / Fille] `bebe` `ɑ̃fɑ̃` `garsɔ̃` `fij`

日本	法國	日本	法國
新生兒	nouveau né	18 個月 / 1 歲半	18 mois / 81cm
	0 mois / 50cm	24 個月 / 2 歲	24 mois / 2 ans / 83-89cm
1 個月	1mois / 54cm	36 個月 / 3 歲	36 mois / 3 ans / 90-97cm
3 個月	3 mois / 60cm	4 歲	4 ans / 98-104cm
6 個月	6 mois / 67cm	5 歲	5 ans / 105-110cm
9 個月	9 mois / 71cm	6 歲	6 ans / 111-116cm
12 個月	12 mois / 1an / 74cm	7 歲	7 ans / 117-122cm
		8 歲	8 ans / 123-128cm
		9 歲	9 ans / 129-134cm
		10 歲	10 ans / 135-140cm

在數字後面加上月「mois / mwa」或歲「ans / ɑ̃」即可

🍃 小叮嚀

可以先把常用尺寸記錄
在P191的memo裡。

戒圍

> 日本尺寸
> 再加40

日本	7 號	9 號	11 號	13 號	15 號	17 號	19 號
法國	47	49	51	53	55	57	59

帽子尺寸

日本	XS	S	M	L	LL
法國	52～53	54～55	56～57	58～59	60～

鞋子尺寸

日本	法國	日本	法國
22.5cm	35	25.5cm	39
23cm	36	26cm	40
23.5cm	37	26.5cm	40.5
24cm	37.5	27cm	41
24.5cm	38	27.5cm	42
25cm	38.5		

對於喜歡居家雜貨的人而言,巴黎絕對是夢幻天堂,這裡有許多居家雜貨店,不論是販售歐蕾碗或棉麻布料等復古風的雜貨鋪、充滿巴黎風的創意小店、還是時尚流行感的商店,各種風格應有盡有。多多運用本書介紹的例句買些生活雜貨,回國後把自己的房間佈置成法國風吧。

尋找商品

- 我在找巴黎風的東西。
  Je cherche quelque chose de typiquement parisien.
  ʒə ʃɛrʃ kɛlkə ʃoz də tipikmã parizjɛ̃

- 有艾菲爾鐵塔圖案的 ☐ 嗎?(→小物請參閱P95)
  Avez-vous ☐ avec une illustration de la Tour Eiffel ?
  avevu ☐ avek yn ilystrasjɔ̃ də la tur ɛfɛl ↗

- 有沒有法式經典花樣的 ☐ ?
  Avez-vous ☐ avec un motif typiquement français ?
  avevu ☐ avek œ̃ mɔtif tipikmã frãsɛ ↗

- 我在找價錢合理的禮物。
  Je cherche un cadeau à un prix raisonnable.
  ʒə ʃɛrʃ œ̃ kado a œ̃ pri rɛzɔnabl

- 這是什麼材質的?(→材質請參閱P96)
  C'est en quelle matière ?
  sɛ tã kɛl matjer ↗

- 我在找 ☐ 的禮物。
  Je cherche un cadeau pour ☐ .
  ʒə ʃɛrʃ œ̃ kado pur ☐

男性 / 女性:**un homme / une femme** [œ̃nɔm / yn fam]

男孩 / 女孩:**un garçon / une fille** [œ̃ garsɔ̃ / yn fij]

小孩:**un enfant** [œ̃nãfã]

祝賀生日:**un anniversaire** [œ̃ naniverser]

祝賀結婚:**un mariage** [œ̃ marjaʒ]

祝賀生產:**une naissance** [ynɛsãs]

> 給店員看雜誌或
> 書上的照片

- 我在找這張照片裡的商品。
  Je cherche la même chose que sur cette photo.
  ʒə ʃɛrʃ la mɛm ʃoz kə syr sɛt fɔto

我在找 ☐ 。 **Je cherche** ☐ . ʒə ʃɛrʃ ☐

請問有沒有 ☐ ? **Vous avez** ☐ ? vu zave ☐ ↗

歐蕾碗
un bol à café
œ̃ bɔl a kafe

茶杯 / 咖啡杯
une tasse à thé /
une tasse à café
yn tɑs a te /
yn tɑs a kafe

玻璃杯
un verre
œ̃ vɛr

牆貼
un sticker mural
õ stikœr myrɑl

廚房抹布
un torchon
õ tɔrʃɔ̃

盤子
une assiette
ynasjɛt

鑄鐵鍋
une cocotte
yn kɔkɔt

蠟燭（香氛）
une bougie (parfumée)
yn buʒi (parfyme)

海報
une affiche
ynafiʃ

刀 / 叉 / 湯匙
un couteau /
une fourchette /
une cuillère
õ kuto / yn furʃɛt / yn kɥijɛr

柳編籃子
un panier en osier
õ panje ɑ̃ nozje

裝飾彩帶
une guirlande
yn girlɑ̃d

〈 廚房用品 〉

廚房用品：**des ustensiles de cuisine** [de zystãsil də kɥizin]

馬克杯：**un mug** [œ̃ mœg]

奶油盒：**un beurrier** [œ̃ bœrje]

小陶碗：**un ramequin** [œ̃ ramkɛ̃]

鍋：**une casserole** [yn kasrɔl]

蛋糕模：**un moule à gâteau (cake)** [œ̃ mul ạ gɑto (kɛk)]

隔熱手套：**des gants de cuisine** [de gã də kɥizin]

餐墊：**un set de table** [œ̃ sɛt də tabl]

桌布：**une nappe** [yn nap]

圍裙：**un tablier** [œ̃ tablije]

麵包籃：**une corbeille à pain** [yn kɔrbɛj a pɛ̃]

杯墊：**un sous-verre** [œ̃ suvɛr]

Le Creuset（鍋具品牌）：**Le Creuset** [lə krøzɛ]

Staub（鍋具品牌）：**Staub** [stɔb]

Duralex（強化玻璃餐具品牌）：**Duralex** [dyraleks]

〈 室內用品 〉

燭台：**un bougeoir** [œ̃ buʒwar]

相框：**un cadre pour photo** [œ̃ kadr pur fɔto]

餐巾：**une serviette** [yn sɛrvjɛt]

餐巾環：**un rond de serviette** [œ̃ rɔ̃ də sɛrvjɛt]

鏡子：**un miroir** [œ̃ mirwar]　　靠墊：**un coussin** [œ̃ kusɛ̃]

花瓶：**un vase** [œ̃ vaz]　　壁鐘：**une horloge** [ynɔrlɔʒ]

拖盤：**un plateau** [œ̃ plato]　　玩具：**des jouets** [de ʒwɛ]

〈 小物 〉

包裝紙：**du papier cadeau** [dy papje kado]

貼紙：**des autocollants** [de zotɔkɔlã]

鑰匙圈：**un porte-clefs** [œ̃ pɔrtkle]

磁鐵：**un magnet** [œ̃ maɲɛt]

盒子：**une boîte** [yn bwat]

實用單字

〈 其他 〉

法國製：**fabriqué en France** [fabrike ɑ̃ frɑ̃s]

手工製：**fait à la main** [fɛ a la mɛ̃]

手工藝的：**artisanal** [artizanal]

限量商品：**édition limitée** [edisjɔ̃ limite]

獨一無二的商品：**pièce unique** [pjɛs ynik]

IH 電磁爐對應：**induction** [ɛ̃dyksjɔ̃]

可直接放爐火上的：**flamme** [flam]

易碎的：**fragile** [fraʒil]

〈 材質 〉

木頭：**bois** [bwa]	鐵：**fer** [fɛr]
陶器：**porcelaine** [pɔrsəlɛn]	耐熱玻璃：**pyrex** [pirɛks]
紙：**papier** [papje]	塑膠：**plastique** [plastik]
玻璃：**verre** [vɛr]	矽膠：**silicone** [silikon]

寄到台灣請說
pour Taiwan
[pur tajwan]

可以麻煩你們寄到日本嗎？

Avez-vous un service d'expédition pour le Japon ?

avevu œ̃ sɛrvɪs dɛkspedisjɔ̃ pur lə ʒapɔ̃ ↗

能退稅嗎？

Faites-vous la détaxe ?

fɛtvu la detaks ↗

可以幫我包裝成禮物嗎？

Pouvez-vous faire un paquet cadeau ?

puvevu fɛr œ̃ pakɛ kado ↗

小叮嚀

要送人的禮物可以請店員特別包裝。

要送禮物給很多親友時，為了更好分辨，不妨請店員幫忙做記號。

可以幫我在這個包裝上打個叉叉嗎？

Pouvez-vous mettre une croix sur ce paquet ?

puvevu mɛtr yn krwa syr sə pakɛ ↗

我要帶上飛機，可以幫我包得牢固一點嗎？

Pouvez-vous me faire un emballage solide pour le transport en avion ?

puvevu mə fɛr œ̃nɑ̃balaʒ sɔlid pur lə trɑ̃spɔr ɑ̃ navjɔ̃ ↗

Parfumerie & Parapharmacie
美妝店&藥妝店

在巴黎，不管是百貨公司販售的名牌化妝品，還是街頭藥妝店的流行保養品，都是法國人自豪的優質美妝產品。看到這些寫著法文的可愛商品，怎麼能不帶幾罐回家，放在浴室的棚架上當裝飾品呢？

我在找 ☐ 。

Je cherche ☐ .

ʒə ʃɛʃʃ ☐

〈 保養品 〉

化妝水★1：une lotion apaisante / tonique
[yn losjɔ̃ apɛzɑ̃t / tɔnik]

保溼霜：une crème hydratante [yn krɛm idratɑ̃t]

卸妝液★2：un démaquillant [œ̃ demakijɑ̃]

護手霜：une crème pour les mains [yn krɛm pur le mɛ̃]

護唇膏：un stick à lèvres [œ̃ stik a lɛvr]

洗髮精與潤絲精：un shampooing et un après-shampooing
[œ̃ ʃɑ̃pwɛ̃ e œ̃ aprɛʃɑ̃pwɛ̃]

沐浴乳：un gel douche [œ̃ ʒɛl duʃ]

香皂：un savon [œ̃ savɔ̃]

洗手乳：un savon liquide pour les mains
[œ̃ savɔ̃ likid pur le mɛ̃]

身體乳液：un lait pour le corps [œ̃ lɛ pur lə kɔr]

★1 法國的化妝水通常是擦拭型的。　★2 卸妝產品通常也是擦拭型的。

〈 化妝品 〉

粉底 [液狀 / 餅狀 / 膏狀]：

un fond de teint [liquide / compact / crème]

[œ̃ fɔ̃ də tɛ̃ (likid / kɔ̃pakt / krɛm)]

蜜粉：**une poudre libre** [yn pudr libr]

腮紅：**un fard à joues** [œ̃ far a ʒu]

眼影：**un fard à paupières** [œ̃ far a popjɛr]

睫毛膏：**un mascara** [œ̃ maskara]

口紅 / 唇蜜：**un rouge à lèvres / un gloss à lèvres**

[œ̃ ruʒ a lɛvr / œ̃ glɔs a lɛvr]

實用單字

臉部用：**pour le visage** [pur lə vizaʒ]　　身體用：**pour le corps** [pur lə kɔr]

乾性肌膚用：**pour peaux sèches** [pur po seʃ]

混合肌膚用：**pour peaux mixtes** [pur po mikst]

油性肌膚用：**pour peaux grasses** [pur po gras]

敏感肌膚用：**pour peaux sensibles** [pur po sɑ̃sibl]

無酒精 / 無防腐劑：**sans alcool / paraben** [sɑ̃ zalkɔl / parabɛ̃]

有機的：**bio** [bjo]

▰▰▰ 我在找這張照片上的商品。

Je cherche la même chose que sur cette photo.

ʒə ʃɛrʃ la mɛm ʃoz kə syr sɛt fɔto

▰▰▰ 我可以擦在臉上試用嗎？

Je peux l'essayer sur mon visage ?

ʒə pø lɛseje syr mɔ̃ vizaʒ ⤴

給店員看雜誌或
書上的照片

▰▰▰ 我可以聞一下這瓶香水的味道嗎？

Je peux sentir ce parfum ?

ʒə pø sɑ̃tir sə parfɛ̃ ⤴

▰▰▰ 有沒有試用品呢？

Avez-vous des échantillons ?

avevu de zeʃɑ̃tijɔ̃ ⤴

巴黎的手工藝品店充滿了懷舊氛圍，在這裡可以找到傳統的刺繡剪刀、裁縫道具、以及許多法式風格的布料或緞帶等。光是欣賞店裡擺放的各式布料或紐釦等商品，就夠令人賞心悅目了。此外，手工藝品店裡的陳列擺設都非常可愛，喜歡手工藝品的人一定要逛逛。

我在找 ☐ 。

Je cherche ☐ .

ʒə ʃɛrʃ ☐

布：**du tissu** [dy tisy]

鈕釦：**des boutons** [de butɔ̃]

針（刺繡針）：**des aiguilles à coudre (à broder)**
[de zeguij a kudr (a brɔde)]

大頭針：**des épingles** [de zepɛ̃gl]

線（刺繡線）：**du fil à coudre (à broder)** [dy fil a kudr (a brɔde)]

剪刀：**des ciseaux** [de sizo]

頂針器：**des dés à coudre** [de de a kudr]

捲線卡：**des cartes à fil** [de kart a fil]

毛線：**des pelotes de laine** [de pəlɔt də lɛn]

毛線針：**des aiguilles à tricoter** [de zeguij a trikɔte]

緞帶：**du ruban** [dy rybã]　　　珠子：**des perles** [de pɛrl]

施華洛世奇珠子：**des perles Swarovski** [de pɛrl swarɔvski]

布徽章：**des motifs thermocollants** [de mɔtif tɛrmokɔlã]

按釦：**des boutons-pression** [de butɔ̃presjɔ̃]

魔鬼氈：**du velcro** [dy vɛlkro]

實用單字

裁縫：**couture** [kutyr]　　　　鉤針編織：**crochet** [krɔʃɛ]

刺繡：**broderie** [brɔdri]　　　　編織品：**tricot** [triko]

首飾製作：**création de bijoux** [kreasjɔ̃ də biʒu]

客製化商品：**customiser** [kystɔmize]

▰▰▰ 有沒有 Sajou 牌［鸛鳥／艾菲爾鐵塔／野兔］形狀的剪刀？

Avez-vous des ciseaux [cigogne / Tour Eiffel / lièvre] de chez Sajou ?

avevu de sizo［sigɔɲ / tur ɛfɛl / ljɛvr］də ʃe saʒu ↗

▰▰▰ 請給我（ ⬜ 公分／ ⬜ 公尺）的［緞帶／布］。（→數字請參閱P184）

Je voudrais（ ⬜ cm / ⬜ m）de [ruban / tissu].

ʒə vudre ⬜［sɑ̃timɛtr / mɛtr］də［rybɑ̃ / tisy］

▰▰▰ 請給我 ⬜ 卷喀什米爾羊毛線。（→數字請參閱P184）

Je voudrais ⬜ pelotes de laine cachemire.

ʒə vudre ⬜ pəlɔt də lɛn kaʃmir

> 緞帶或布料
> 可以自由選購
> 想要的長度

▰▰▰ 我在找 ⬜ 的紙型。

Je cherche un patron pour ⬜ .

ʒə ʃerʃ œ̃ patrɔ̃ pur ⬜

洋裝：**une robe** [yn rɔb]　　　兒童用：**enfant** [ɑ̃fɑ̃]

夾克：**une veste** [yn vɛst]　　　嬰兒用：**bébé** [bebe]

女用：**femme** [fam]　　　　　　→衣物請參閱P72。

男用：**homme** [ɔm]

> 在衣物後面加上
> 女用或兒童即可

雖然在國內就能買書或CD，但是到了巴黎仍然會發現許多只有在法國才買得到的書或CD等珍貴商品，例如裝訂精美的寫真集與藝術書、附廚房用品的食譜書、色彩繽紛的繪本等。親友若是收到如此特別的紀念品一定會很開心。

▶▶▶ 我在找 ⬚⬚⬚⬚ 的CD。
Je cherche un CD de ⬚⬚⬚⬚ .
ʒə ʃɛrʃ œ̃ sede də ⬚⬚⬚⬚

▶▶▶ 我在找 ⬚⬚⬚⬚ 電影的原聲帶。
Je cherche un CD de la musique du film ⬚⬚⬚⬚ .
ʒə ʃɛrʃ œ̃ sede də la myzik dy film ⬚⬚⬚⬚

▶▶▶ 我在找叫做 ⬚⬚⬚⬚ 的 [DVD / 書]。
Je cherche [un DVD / un livre] qui s'appelle ⬚⬚⬚⬚ .
ʒə ʃɛrʃ [œ̃ devede / œ̃ livr] ki sapɛl ⬚⬚⬚⬚

▶▶▶ 我在找 ⬚⬚⬚⬚ 。
Je cherche ⬚⬚⬚⬚ .
ʒə ʃɛrʃ ⬚⬚⬚⬚

小叮嚀

購買雜誌「Magazine / magazin」不一定要到書店，街角的書報攤就有賣囉。

書：**un livre** [œ̃ livr]
食譜：**un livre de recettes** [œ̃ livr də rəsɛt]
CD：**un CD** [œ̃ sede]
DVD：**un DVD** [œ̃ devede]
巴黎地圖：**un plan de Paris** [œ̃ plɑ̃ də pari]

■■■ 請問賣 ☐☐☐☐ 的區域在哪裡？

Où se trouve le rayon ☐☐☐☐ ?

u sə truv lə rɛjɔ̃ ☐☐☐☐ ↗

〈 書籍 〉

小說：**Romans** [rɔmɑ̃]　　　　攝影：**Photos** [fɔto]

烹飪：**Cuisine** [kɥizin]　　　電影：**Cinéma** [sinema]

兒童：**Enfants** [ɑ̃fɑ̃]　　　　音樂：**Musique** [myzik]

青少年：**Jeunesse** [ʒœnɛs]　旅行：**Voyage** [vwajaʒ]

藝術：**Art** [ar]　　　　　　漫畫、BD★1：**Manga / BD** [mɑ̃ga / bede]

★1 日本漫畫在法國很受歡迎，有時也會直接稱漫畫為「Manga」。不妨帶本喜歡的漫畫回家，還能順便練習法文喔。

〈 CD 〉

法國歌手：**Variété française** [varjete frɑ̃sɛz]

外國歌手：**Variété internationale** [varjete ɛ̃tɛrnasjɔnal]

搖滾：**Rock** [rɔk]

古典：**Classique** [klasik]

爵士：**Jazz** [dʒaz]

電影原聲帶：**Musique de film / Bande originale**

[myzik də film / bɑ̃d ɔriʒinal]

合輯：**Compilation** [kɔ̃pilasjɔ̃]

〈 DVD 〉★2

法國電影：**Films français** [film frɑ̃sɛ]

外國電影：**Films étrangers** [film etrɑ̃ʒe]

電視影集：**Séries-télé** [seritele]

卡通：**Dessins animés** [desɛ̃ anime]

兒童觀賞的 DVD：**DVD pour enfants** [devede pur ɑ̃fɑ̃]

記錄片：**Documentaires** [dɔkymɑ̃tɛr]

★2 請注意法國的 DVD 區域碼為2，播放方式為 PAL。

Fleuriste
花店

巴黎的花店五彩繽紛，不同店家個性化且獨特的陳列，總是讓人忍不住停下腳步欣賞。法國人就算是普通的日子也有互贈鮮花的習慣。來到這裡不妨學巴黎人，買一束可愛的鮮花為旅行增添色彩吧。

請給我這束花。

Je voudrais ce bouquet.

ʒə vudre sə bukɛ

指著店裡的花束

可以幫我配一束大約 ⬚⬚ 歐元的花嗎？

Je voudrais un bouquet pour un budget de ⬚⬚ euros.

ʒə vudre œ̃ bukɛ pur œ̃ bydʒɛ də ⬚⬚ øro

是送禮用的。

C'est pour offrir.

sɛ pur ɔfrir

請給我一束 ⬚⬚ 色調的花。

Je voudrais un bouquet dans les tons ⬚⬚ .

ʒə vudre œ̃ bukɛ dɑ̃ le tɔ̃ ⬚⬚

粉紅色：**roses** [roz]●　　白色：**blancs** [blɑ̃]●　　藍色：**bleus** [blø]●

黃色：**jaunes** [ʒon]●　　紫色：**mauves** [mov]●　　綠色：**verts** [vɛr]●

紅色：**rouges** [ruʒ]●

{ *Papeterie* }

文具店

都到了巴黎的文具店，可別只買明信片，稍微花點時間仔細逛逛店內，說不定會發現許多雅緻的筆、信封信紙組、便條紙、筆記本的書衣、寫著法國地名的尺等簡單卻可愛的文具喔。這些文具散發著獨特的法式風格，相當有特色。

▰▰ 有沒有［艾菲爾鐵塔／巴黎名勝古蹟］的立體卡片呢？
Avez-vous des cartes pop-up［de la Tour Eiffel /
 des monuments parisiens］?
avevu de kart pɔpœp [də la tur ɛfɛl / de mɔnymɑ̃ parizjɛ̃] ↗

▰▰ 我在找 ☐ 。
Je cherche ☐ .
ʒə ʃɛrʃ ☐

🎗 小叮嚀

有時候買明信片會免費附上信封。

明信片：**une carte postale** [yn kart pɔstal]
信紙／信封：**du papier à lettre / une enveloppe**
[dy papje a lɛtr / ynɑ̃vlɔp]
原子筆：**un stylo à bille / un BIC** [œ̃ stilo a bij / œ̃ bik]
鋼筆：**un stylo plume** [œ̃ stilo plym]
自動鉛筆：**un porte-mines** [œ̃ pɔrtmin]
橡皮擦：**une gomme** [yn gɔm]
筆記本：**un cahier** [œ̃ kaje]
月曆：**un calendrier** [œ̃ kalɑ̃drije]
記事本：**un agenda** [œ̃ naʒɛ̃da]

超市 的基本對話

雖然在法國的超市不用開口也能到買東西，但如果能和超市員工進行基本的對話，購物時會更安心。

詢問　詳細請參閱→P110

🔊 您好，我在找 [牙刷] 和 [洗髮精]。

Bonjour. Je cherche [une brosse à dents] et [un shampooing] .
bɔ̃ʒur ʒə ʃɛrʃ [yn brɔs a dɑ̃] e [œ̃ ʃɑ̃pwɛ̃]

🔊 第三個通道 [左轉] 就是了。

C'est la [troisième] allée à gauche.
sɛ la [trwazjɛm] ale a goʃ

🔊 您好，請問 [餅乾] 區在哪裡？

Bonjour. Où se trouve le rayon [gâteaux secs] ?
bɔ̃ʒur u sə truv lə rɛjɔ̃ [gɑto sɛk] ↗

🔊 在那裡。

C'est par là.
sɛ par la

結帳　詳細請參閱→P112

🔊 您好。

Bonjour.
bɔ̃ʒur

🔊 您好。

Bonjour.
bɔ̃ʒur

🔊 一共是 [25歐元]。

Ça fait [vingt-cinq euros] .
sa fɛ [vɛ̃sɛ̃k øro]

🔊 我要付現。

Je paie en espèces.
ʒə pɛj ɑ̃ nɛspɛs

🔊 我要刷卡。

Je paie par carte.
ʒə pɛj par kart

● 未滿 [10歐元] 不能刷卡。

Nous n'acceptons les cartes qu'à partir de [dix euros] .
nu naksɛptã le kart ka partir də [di zøro]

● 請問有集點卡嗎？

Avez-vous une carte de fidélité ?
avevu yn kart də fidelite ↗

◗ 沒有。

Non.
nɔ̃

◗ 有。

Oui.
wi

● 請按密碼。

Tapez votre code, s'il vous plaît.
tape vɔtr kɔd sil vu plɛ

● 請取出卡片。

Retirez votre carte.
rətire vɔtr kart

● 這是收據與信用卡收據。

Voici le ticket de caisse et le ticket de carte.
vwasi lə tikɛ də kɛs e lə tikɛ də kart

◗ 可以給我一個袋子嗎？

Je peux avoir un sac ?
ʒə pø avwar œ̃ sak ↗

● 要收費喔。要 [30分]。

Il est payant. Ça coûte [trente centimes] .
i lɛ pɛjã sa kut [trãt sãtim]

◗ 好的，請給我一個。

Oui, s'il vous plaît.
wi sil vu plɛ

● 謝謝您，祝您有美好的一天。

Merci à vous. Je vous souhaite une bonne journée.
mɛrsi a vu ʒə vu swɛt yn bɔn ʒurne

◗ 謝謝，再見。

Merci beaucoup. Au revoir.
mɛrsi boku o rəvwar

各國超市販售的商品大同小異，因此不太需要對話，對旅客而言是非常方便的購物場所。巴黎的超市營業時間通常是早上9點至晚上9點。雖然許多超市週日也有營業，但大部份只開到中午。在超市裡不僅可以買礦泉水或零食等食品，還能買到各種充滿巴黎風的生活雜貨。若能充分利用超市，旅程一定會更順利。

蔬果的稱重方式

法國超市裡的整體擺設與購買方式，大致上和國內賣場差不多。這裡的蔬果也可以散裝購買。只要從堆積成山的蔬果中，挑選想購買的蔬果放入袋子裡，自行稱重並貼上價錢標籤即可。第一次遇到的人可能會有點不知所措，但其實對於旅客來說，散裝購買水果反而是比較方便的。有些店家不需要自行稱重，而是由收銀員為顧客稱重貼標籤。除了散裝的蔬果，也有已經貼好價格標籤、整袋銷售的商品。

❶蔬果區附近會有塑膠袋，方便顧客分裝自己所需的分量。

❷將整袋商品放在電子秤上，在觸控面板按下購買的蔬果名稱。

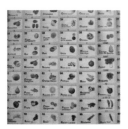

❸觸控面板上有圖片，不懂法語也沒問題。

❹稱重後會印出有條碼的價格標籤，將它貼在塑膠袋前方。

❺請注意一個袋子只能裝一種蔬果。

❻所有蔬果秤重完畢後，一起拿到收銀台結帳。

我在找 ☐ 。 **Je cherche** ☐ . ʒə ʃɛrʃ ☐

礦泉水
de l'eau
də lo

牛奶
du lait
dy lɛ

優格
des yaourts
de jaurt

餅乾
des biscuits
de biskɥi

奶油［無鹽／有鹽］
du beurre
[doux / demi-sel]
dy bœr [du / dəmisɛl]

鹽之花★1
de la fleur de sel
də la flœr də sɛl

〈 食品 〉

葡萄酒：**du vin** [dy vɛ̃]

啤酒：**de la bière** [də la bjɛr]

果汁：**des jus de fruits** [de ʒy də frɥi]

果醬：**des confitures** [de kɔ̃fityr]

調理食品（微波食品）：**des plats cuisinés (micro-ondable)**
[de pla kɥizine (mikroɔ̃dabl)]

★1 優質鹽田所生產的頂級海鹽。

湯	罐頭	橄欖油
des soupes	**des conserves**	**de l'huile d'olive**
de sup	de kɔ̃sɛrv	də lɥil dɔliv

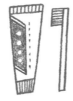

洗髮精&潤絲精★2

du shampooing et de l'après-shampooing

dy ʃɑ̃pwɛ̃ e də laprɛʃɑ̃pwɛ̃

牙刷&牙膏

des brosses à dents et du dentifrice

de brɔs a dɑ̃ e dy dɑ̃tifris

環保袋

un sac réutilisable

œ̃ sak reytilizabl

〈 衛生用品、日用品 〉

衛生棉★3（衛生棉條）：

des serviettes hygiéniques (des tampons hygiéniques)

[de sɛrvjɛt iʒjenik (de tɑ̃pɔ̃ iʒjenik)]

棉花：**des disques en coton** [de disk ɑ̃ kɔtɔ̃]

面紙：**des kleenex / des mouchoirs** [de klinɛks / de muʃwar]

電池：**des piles** [de pil]

OK 繃：**des pansements** [de pɑ̃smɑ̃]

★2 通常蓋子朝上的是洗髮精，蓋子朝下的是潤絲精。　★3 護墊是「des protèges-slips / de prɔtɛʒslip」。

 請問 ☐☐☐ 區在哪裡？

Où se trouve le rayon ☐☐☐ ?

u sə truv lə rɛjɔ̃☐☐☐ ↗

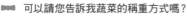

乳製品：**laitage** [lɛtaʒ]

水果&蔬菜：**fruits et légumes** [frɥi e legym]

肉：**viande** [vjɑ̃d]

魚：**poisson** [pwasɔ̃]

罐頭：**conserves** [kɔ̃sɛrv]

調味料：**condiments** [kɔ̃dimɑ̃]

米&義大利麵：**riz et pâtes** [ri e pat]

冷凍食品：**surgelés** [syrʒale]

調理食品：**plats cuisinés** [pla kɥizine]

熟食：**traiteur** [trɛtœr]

零食：**biscuits** [biskɥi]

化妝品：**cosmétique** [kɔsmetik]

保養品&衛生用品：**beauté et hygiène** [bote e iʒjɛn]

文具：**papeterie** [papetri]

雜誌：**magazines** [magazin]

 可以請您告訴我蔬菜的稱重方式嗎？

Pouvez-vous m'expliquer comment peser les légumes ?

puvevu mɛksplike kɔmɑ̃ pəze le legym ↗

結帳

請問這是隊伍的最尾端嗎？

C'est la fin de la queue ?

sɛ la fɛ̃ də la kø ↗

> 有人插隊時
> 可以說這句話

不好意思，我先來的喔。

Excusez-moi. J'étais avant vous.

ɛkskyzemwa ʒetɛ avɑ̃ vu

❀ 小叮嚀

哪一區有什麼商品可以看天花板的吊牌或大型貨架的最上方。

輪到自己時，請先以「Bonjour」向收銀員打招呼。

● 您的蔬菜忘記稱重了。

Vous avez oublié de peser vos légumes.

vu zave ublije də pəze vo legym

▶▶ 請等一下，我過去量。

Pouvez-vous attendre ？ Je vais les peser.

puvevu atãdr ↗ ʒə vɛ le pəze

▶▶ 對不起，我不買這個商品了。

Excusez-moi. Je ne prends pas cet article.

ɛkskyzemwa ʒə nə prã pa sɛ tartikl

▶▶ 我可以刷 [Visa / Master] 卡嗎？

Je peux payer par carte [Visa / Master] ？

ʒə pø pɛje par kart [visa / mastœr] ↗

最好先詢問
可使用的信用卡

● [10歐元] 以上才能刷卡。

Nous n'acceptons les cartes qu'à partir de [10 euros].

nu naksɛptã le kart ka partir də [di zøro]

▶▶ 袋子要錢嗎？

Le sac est payant ？

lə sak e pɛjã ↗

▶▶ 請給我一個環保袋。

Je voudrais un sac réutilisable.

ʒə vudre œ̃ sak reytilizabl

〄 小叮嚀

在法國的超市結帳時，請把購物籃裡的商品拿出來讓收銀員結帳。

如果蔬果忘記秤重，請告知收銀員，然後自己盡快去稱好後再回來。

袋子通常要收費，最好自行攜帶環保袋。

請將結完帳的商品放進自己的袋子，確實收好錢包後再離開。請不要太在意後面的排隊人潮，法國人在這方面頗有耐心的。

市場 的基本對話

來到人聲鼎沸的市場是否讓你不知所措？其實市場裡的對話意外的簡單喔。

詢問問題

● 下一位是誰？

Personne suivante ?
pɛrsɔn sɥivãt ↗

▰▰▰ （輕舉手）是我。

C'est moi.
sɛ mwa

● 您好，女士。

Bonjour, Madame.
bɔ̃ʒur madam

▰▰▰ 您好，先生。

Bonjour, Monsieur.
bɔ̃ʒur məsjø

● 您要買什麼呢？

Qu'est-ce qu'il vous faut ?
kɛs kil vu fo ↗

▰▰▰ 我要［2顆蘋果］和［1盒覆盆子］。

Je voudrais [deux pommes] et [une barquette de framboises].
ʒə vudre [dø pɔm] e [yn barkɛt də frãbwaz]

〜 在別家店

▰▰▰ 請給我［5尾水煮蝦］和［2片燻鮭魚］。

[Cinq crevettes roses] et [deux tranches de saumon fumé], s'il vous plaît.
[sɛ̃k krəvɛt roz e dø trãʃ də somɔ̃ fyme] sil vu plɛ

〜 在別家店

▰▰▰ 請給我［1小片鄉村肉派］和［2片生火腿］。

Je voudrais [une fine tranche de pâté de campagne] et [deux tranches de jambon cru].
ʒə vudre [yn fin trãʃ də pate də kãpaɲ] e [dø trãʃ də ʒãbɔ̃ kry]

● 還需要其他的嗎？

Voulez-vous autre chose ?
vulevu otr ʃoz↗

📻 我還要 [焗烤馬鈴薯] 和 [胡蘿
蔔沙拉] 各 [1人份]。

Oui. [Du gratin dauphinois] et [des carottes râpées] pour [une personne], s'il vous plaît.
wi [dy gratɛ̃ dofinwa] e [de karɔt rape] pur [yn pɛrsɔn] sil vu plɛ

● 這樣就好了嗎？

Et avec ça ?
e avɛk sa↗

📻 這樣就好了。

C'est tout.
sɛ tu

● 一共是 [12.4歐元]。

Ça fait [douze euros quarante].
sa fɛ [du zøro karɑ̃t]

● 謝謝，祝您有美好的一天。

Merci. bonne journée.
mɛrsi bɔn ʒurne

📻 謝謝，您也是。

Merci, vous aussi.
mɛrsi vu zosi

在人聲鼎沸的市場裡，顧客接踵而至，老闆與老闆娘們正老練地招呼著顧客。對觀光客來說，看到常客們流暢地與老闆應答，或許會因為語言障礙而感到驚惶失措。不過別太擔心，只要面帶笑容與老闆們打招呼，勇敢地、大聲地說出你想要購買的蔬果，老闆一定會懂你意思的。此外，在擁擠的市場裡千萬要小心扒手喔。

這是什麼？

Qu'est-ce que c'est ?

kɛs kə sɛ ⤴

> 有的店家
> 會提供試吃

有什麼推薦的嗎？

Qu'est-ce que vous me recommandez ?

kɛs kə vu mə rəkɔmɑ̃de ⤴

這是有機的嗎？

C'est bio ?

sɛ bjo ⤴

> 不知道
> 選哪種臘腸
> 或乳酪時

請給我這個。

Je voudrais ça.

ʒə vudre sa

> 不知道怎麼唸時
> 可以用手指著問

請給我 [1人 / 2人] 份。

J'en veux pour [une personne / deux personnes].

ʒɑ̃ vø pur [yn pɛrsɔn / dø pɛrsɔn]

> 不確定以克
> 計算的分量時

請給我 [5歐元] 的份量。（→數字請參閱P184）

J'en veux pour [cinq euros].

ʒɑ̃ vø pur [sɛ̃k øro]

> 店員問「這樣的份量
> 可以嗎？」時

好的，這樣就可以了。

Oui, c'est très bien.

wi sɛ trɛ bjɛ̃

再 [多 / 少] 一點。

Mettez en [plus / moins].

mɛte ɑ̃ [plys / mwɛ̃]

請給我 [不太熟的 / 比較熟的]▭▭。

Je voudrais ▭▭ [pas trop mûr / bien mûr].

ʒə vudre ▭▭ [pa tro myr / bjɛ̃ myr]

（店員在稱重時）這樣是多少錢呢？

Il y en a déjà pour quel prix maintenant ?

i li jɑ̃ na deʒa pur kɛl pri mɛ̃tnɑ̃ ⤴

🧶 小叮嚀

想買很多樣商品時，只
要在單字與單字之間加
上「et」即可。

由於店員需要時間備
貨，考慮好再慢慢地說
出想買的商品即可，不用
一口氣把要買的東西全
說出來。

🧶 小叮嚀

櫻桃等小型水果若沒有
指定克數或顆數，店員
會邊確認數量邊放進袋
子裡。

肉派或乳酪等切片的商
品，店員會以切痕確認
購買的量，請記得回應
店員。

請給我 ☐ 。 **Je voudrais** ☐ . ʒə vudʀe ☐

西洋梨
une poire
yn pwaʀ

蘋果
une pomme
yn pɔm

草莓★1
une barquette de fraises
yn baʀkɛt də fʀɛz

覆盆子★2
une barquette de framboises
yn baʀkɛt də fʀɑ̃bwaz

水蜜桃
une pêche
yn pɛʃ

香蕉
une banane
yn banan

★1, 2 覆盆子和草莓通常是放在小盒子
（barquette / baʀkɛt）裡販售。

🐝 小叮嚀

在市場買東西，由於是在各個不同的攤位購物，最好攜帶大一點的購物袋，就能把東西全部裝在一起。

「un / une」代表「一個」，請自行替換成需要的數量。
（→數字請參閱P184）

番茄：**une tomate** [yn tɔmat]
萵苣：**une salade** [yn salad]
小黃瓜：**un concombre** [œ̃ kɔ̃kɔ̃bʀ]
洋菇：**des champignons de Paris** [de ʃɑ̃piɲɔ̃ də paʀi]
杏子：**un abricot** [œ̃ nabʀiko]
櫻桃：**des cerises** [de səʀiz]
→「肉類」請參閱P37、「麵包」→請參閱P50、→「熟食」請參閱P52、→「乳酪」請參閱P54

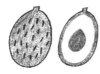

酪梨
un avocat
œ̃ navɔka

燻鮭魚
une tranche de saumon fumé
yn trɑ̃ʃ də somɔ̃ fyme

水煮蝦
des crevettes roses
de krəvɛt roz

肉派
une tranche de pâté
yn trɑ̃ʃ də pate

臘腸
un saucisson
œ̃ sosisɔ̃

火腿（生火腿）
une tranche de jambon blanc (jambon cru)
yn trɑ̃ʃ də ʒɑ̃bɔ̃ blɑ̃ [ʒɑ̃bɔ̃ kry]

請給我 ☐ 可以吃的 ■■ 。
Je voudrais ■■ pour manger ☐
ʒə vudre ■■ pur mɑ̃ʒe ☐

今天：**aujourd'hui** [oʒurdɥi]

明天：**demain** [dəmɛ̃]

後天：**après demain** [aprɛ dəmɛ̃]

四天後：**dans quatre jours** [dɑ̃ katr ʒur]

來到巴黎一定要逛逛跳蚤市場。在這裡可以找到各式各樣有趣的商品，例如簡樸的歐蕾碗、復古的水壺、有著可愛插畫的吸墨紙、鑰匙圈或是刺繡精美的寢具用品等。這些隨著時間增添風情的商品，絕對會讓對古董沒興趣的人也難以抗拒。若能和各攤位的老闆們聊天殺價，也稱得上是巴黎通囉！

多少錢？

C'est combien ?

sɛ kɔ̃bjɛ̃ ↗

可以算便宜一點嗎？

Vous pouvez baisser le prix ?

vu puve bɛse lə pri ↗

〈 理由 〉

有一點損傷：**Parce qu'il est un peu abîmé.** [pars ki lɛ tœ̃ pø abime]

有髒污：**Parce qu'il est taché.** [pars ki lɛ taʃe]

有缺口：**Parce qu'il est ébréché.** [pars ki lɛ tebreʃe]

有裂痕：**Parce qu'il est fêlé.** [pars ki lɛ fɛle]

我要買好幾個：**Parce que je vous achète plusieurs objets.**

[pars kə ʒə vu zaʃet plyzjœr ɔbʒe]

謝謝，我再考慮一下。

Non, merci. Je vais réfléchir.

nɔ̃ mɛrsi ʒə vɛ refleʃir

不好意思
直接拒絕時

我要買這個。

Je prends ça.

ʒə prã sa

有沒有 [30 / 40 / 50 / 60 / 70] 年代的 ☐☐☐ ？(→單字請參閱P122)

Avez-vous ☐☐☐ des années [trente / quarante / cinquante / soixante / soixante-dix] ?

avevu ☐☐☐ de zane [trãt / karãt / sɛ̃kãt / swasãt / swasãtdis] ↗

這是哪一國的物品呢？

Quel est son pays d'origine ?

kɛ lɛ sɔ̃ pei dɔriʒin ↗

有沒有狀態比較好的物品？

Vous l'avez en meilleur état ?

vu lave ã mɛjœr eta ↗

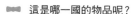

⅛ 小叮嚀

跳蚤市場大多是現金交易，最好事先到附近的ATM 提領現金。

因為是現金交易，一定要特別小心扒手。

我在找 ☐ 。 **Je cherche** ☐ . ʒə ʃɛrʃ ☐

餐具
de la vaisselle
də la vɛsɛl

印章
des tampons encreurs
de tɑ̃pɔ̃ ɑ̃krœr

吸墨紙★¹
des buvards
de byvar

鑰匙圈
des porte-clefs
de pɔrtkle

調味罐
**des séries de pots
à épices**
de seri də po a epis

亞麻布織品
du linge
dy lɛ̃ʒ

★1 做為商品廣告用的吸墨紙。

復古蕾絲：**de la dentelle ancienne** [də la dɑ̃tɛl ɑ̃sjɛn]

煙灰缸：**des cendriers** [de sɑ̃drije]

杯子&碟子：**des tasses et des soucoupes** [de tɑs e de sukup]

刺繡亞麻布織品：**du linge brodé** [dy lɛ̃ʒ brɔde]

絨毛玩具：**des peluches** [de pəlyʃ]

首飾：**des bijoux** [de biʒu] →首飾名請參閱P87

復古鈕釦：**des boutons anciens** [de butɔ̃ zɑ̃sjɛ̃]

玩具：**des jouets** [de ʒwɛ]

水壺：**des pichets** [de piʃɛ]

拿鐵碗：**des bols à café** [de bɔl a kafe]

繪本：**des livres pour enfants** [de livr pur ɑ̃fɑ̃]

舊雜誌：**des magazines anciens** [de magazin zɑ̃sjɛ̃]

Infos utiles 2

巴黎的市集與跳蚤市場

遊客除了能在巴黎的早市一窺巴黎人的日常生活之外，還能在跳蚤市場體驗獨特的法國文化。

市集

Marché biologique de Raspail
哈斯拜有機市集

巴黎最具代表性的有機市集。外帶熟食的種類很豐富。

地點：boulevard Raspail 75006
（rue de Rennes 與 rue du Cherche Midi
之間）　地鐵：Rennes ⑫
時間：週日 9:00～15:00

Marché des Enfants Rouges
紅孩兒市集

始於17世紀，巴黎最古老的市集。最受歡迎的是可現吃的北非小米飯。

地點：39 rue de Bretagne 75003
地鐵站：Filles du Calvaire ⑧
時間：週二～六 8:30～19:30、
週日 8:30～14:00

Marché d'Aligre
阿里格市集

巴士底附近的超人氣市集。這裡有販賣古董、二手衣的跳蚤市場。

地點：place d'Aligre 75012
地鐵：Ledru Rollin ⑧
時間：週二～日 7:30-13:30
（六、日 ～14:30）

Marché aux fleurs et aux oiseaux
西堤島的花市與鳥市

西堤島為塞納河上的浮島，島上的花市每日營業，週日還有鳥市。

地點：Place Louis Lépine et Quai de la
Corse 75004　地鐵站：Cité ④
時間：週一～日 8:00～19:30
（鳥市僅週日營業）

跳蚤市場

Marché aux puces de Clignancourt
克利尼昂古跳蚤市場

巴黎最大的跳蚤市場，古董迷絕對不能錯過。建議週六、日前往。

地點：rue des Rosiers 與
93400 Saint Ouen 週邊　地鐵：Porte de
Clignancourt ④　時間：週六～日
10:00～18:00、週一 10:30～17:30

Marché aux puces de Vanves
梵維斯跳蚤市場

第一次逛也能上手的跳蚤市場。賣的東西千奇百怪，很適合旅客來逛逛。

地點：avenue Marc Sangnier、avenue
Georges Lafenestre 週邊 75014
地鐵：Porte de Vanves ⑬
時間：週六～日 7:00～14:00

Problèmes 2

購物 可能遇到的問題

購物時會碰到的問題，多半是結帳或退換貨等。不論是按信用卡密碼或收下店家的找錢時，請務必確認清楚再離開。由於退換貨可能會浪費珍貴的旅遊時間，因此購買前請先檢查商品是否完好無缺。

排隊

▣▣▣ 我應該比你先來。

Je pense que j'étais avant vous.

ʒə pɑ̃s kə ʒetɛ avɑ̃ vu

▣▣▣ 對不起，我沒注意到你在排隊。

Je ne savais pas que vous faisiez la queue, pardon.

ʒə nə savɛ pa kə vu fəzje la kø pardɔ̃

結帳

▣▣▣ 結帳金額好像有誤。

J'ai l'impression qu'il y a une erreur sur le calcul.

ʒɛ lɛ̃presjɔ̃ ki li ja ynɛrœr syr lə kalkyl

▣▣▣ 錢好像找錯了。

Il y a une erreur dans la monnaie rendue.

i li ja ynɛrœr dɑ̃ la mɔnɛ rɑ̃dy

▣▣▣ 我給了你 [10 / 20 / 50] 歐元的鈔票。

Je vous ai donné un billet de [dix / vingt / cinquante] euros.

ʒə vu ze dɔne œ̃ bije də [dis / vɛ̃ / sɛ̃kɑ̃t] øro

▣▣▣ 信用卡可以還我了嗎？

Pouvez-vous me redonner ma carte ?

puvevu mə rədɔne ma kart ↗

走出店外

警報聲響起時

● 請給我看購物袋裡的東西與收據。

Vous pouvez ouvrir votre sac et montrer le ticket de caisse ?

vu puve uvrir vɔtr sak e mɔ̃tre lə tikε də kεs ↗

● 防盜釦沒拆掉。

L'antivol n'a pas été retiré.

lɑ̃tivɔl na pa zete rətire

退貨、換貨

▶▶▶ 這是我[昨天/ ⬚ 天前]在這裡買的東西。　(→數字請參閱P184)

J'ai acheté cet article [hier / il y a ⬚ jours].

ʒε aʃte sε tartikl [jεr / i li ja ⬚ ʒur]

▶▶▶ 我要退貨和退款。

Je voudrais le rendre et être remboursé(e).

ʒə vudrε lə rɑ̃dr e εtr rɑ̃burse

▶▶▶ 我想要換貨，因為 ⬚ 。

Je voudrais l'echanger. ⬚

ʒə vudrε leʃɑ̃ʒe ⬚

 小叮嚀

退換衣服或商品時請保留價格標籤，將衣服與收據一起退給店員。請注意有些特價品不能退換貨。

〈 理由 〉

有損傷：**Parce qu'il est abîmé.** [pars ki lε tabime]

有破洞：**Parce qu'il a un trou.** [pars ki la œ̃ tru]

有髒污：**Parce qu'il a une tache.** [pars ki la yn taʃ]

尺寸不合：**Parce que la taille n'est pas bonne.** [parsk la taj nε pa bɔn]

不能運作：**Parce qu'il ne fonctionne pas.** [pars kil nə fɔ̃ksjɔ̃n pa]

我改變主意了：**Parce que j'ai changé d'avis.** [parsk ʒε ʃɑ̃ʒe davi]

巴黎的百貨公司&折扣季資訊

百貨公司（grand magasin／grã magazẽ）的商品一應俱全，對於時間緊迫的旅客來說是非常方便的購物地點。事先了解每間百貨公司的特色與營業時間，你也可以像巴黎人一樣成為購物達人喔！

Les Galeries Lafayette
拉法葉百貨

位於巴黎右岸，被巴黎人稱為「Galeries」。從休閒品牌到高級品牌應有盡有，旅行用品或紀念品也相當豐富。

地址：40 boulevard Haussmann 75008
地鐵站：Chaussée d'Antin La Fayette ⑦ ⑨
營業時間：週一～週六 9:30～20:00（週四～21:00）
公休日：週日

Le Printemps
春天百貨

1865年創立的老字號百貨。總能隨著時代更迭不斷注入全新風貌正是春天百貨的魅力。適合喜歡悠閒購物的人。

地址：64 boulevard Haussmann 75008
地鐵站：Havre Caumartin ③ ⑨
營業時間：週一～週六 9:35～20:00（週四～20:45）
公休日：週日

Le Bon Marché / La Grande Épicerie de Paris
樂蓬馬歇百貨／巴黎大雜貨店（食品館）

世界最古老的百貨，也是左岸唯一的百貨公司。對面的食品館有販售各國食品，喜歡美食的人千萬別錯過。

地址：24 rue de Sèvres 75007
地鐵站：Sèvres Babylone ⑩
營業時間：週一～週六 10:00～20:00（週四、五～21:00）、
巴黎大雜貨店（食品館）8:30～21:00
公休日：週日

BHV
BHV百貨

位於市政廳旁，飄揚的旗幟與圓形的屋頂是最顯眼的標誌。販售許多DIY材料、廚房用品與居家生活雜貨。

地址：52 rue de Rivoli 75004
地鐵站：Hôtel de Ville ① ⑪
營業時間：週一～週六 9:30～20 :00（週三～21:00）
公休日：週日

FNAC
法雅客

販售書籍、CD、DVD 及影音設備的專賣店。這裡介紹的香榭麗舍店全年無休、營業至深夜。

地址：74 avenue des Champs Elysées 75008
地鐵：George V ①
營業時間：週一～週六 10:00～23:45
　　　　　（週日12:00～23:45）
公休日：無休

巴黎的折扣季
法國的折扣季時間是法律明文規定的，夏季是6月底～7月底，冬季是1月中～2月中，均為期5週，通常都是從星期三開始。除了折扣季之外，仍有許多店家會有「春季促銷活動」或「2週特賣會」等不同名義的特賣會。

{ 參觀 }

Visiter

無論何時，巴黎總是有著超越時空的魅力。
巴黎每年擁有全世界最多的觀光客，觀光
景點總是聚集了眾多人潮。無論想深度旅遊
或走馬看花，巴黎總能滿足每位旅客的需
求，快運用本書介紹的例句，盡情和當地人
互動吧！

盡情暢遊巴黎的6個基本知識

1.有效率地觀光

想造訪艾菲爾鐵塔或羅浮宮等觀光勝地，請儘量避開週末，不妨在夜間參觀，反而別有風味。若想短時間參觀多個景點，建議購買巴黎博物館通行證會更划算。

（→詳細請參閱P137）

3.常設展與特展

美術館通常有兩種展覽，分別是一整年皆可參觀的常設展（collection permanente / kɔlɛksjɔ̃ pɛrmanɑ̃t），與定期更換主題、期間限定的特展（exposition temporaire / ɛkspozisjɔ̃ tɑ̃pɔrɛr），通常特展的票也能參觀常設展。

5.拍照與攝影

大部分的美術館都是禁止攝影與禁用閃光燈。旅客會在入口處及館內看到禁止標誌，請遵守館內的規定。若不明白可以向警衛確認。

（→詳細請參閱P131）

2.事先確認休館日

大部分的美術館或觀光景點週日及國定假日都有開放，不過1/1、5/1、12/25通常會休館。國定假日的營業狀況也會因設施而異，請先做好功課。

（→詳細請參閱P138）

4.安全檢查與隨身行李

為了安全起見，某些場所會進行隨身行李或身體檢查。另外，拖著行李箱容易造成別人的困擾，必須放在行李寄放處（consigne / kɔ̃siɲ）。若背著後背包，工作人員可能會請你改用手提著背包。

6.小心扒手

觀光區以及離景點最近的車站經常發生竊盜案，請盡量背斜背包，並將錢包放在最深處（身上最好別帶太多現金），隨時注意有無關好。

參觀美術館或紀念碑時，需要用到的會話可以說是最少的，若能將實用的句子學起來，就能使這趟旅行更順利。

請給我一張成人票。

Un adulte, s'il vous plaît.

œ̃ nadylt sil vu plɛ

在美術館或紀念碑入口處買票的基本說法。雖然票的法文是「billet」，但買票時只要告知人數即可。小孩是「un enfant / œ̃ nɑ̃fɑ̃」，學生是「un étudiant / œ̃ netydjɑ̃」。

請問可以使用巴黎博物館通行證嗎？

Vous acceptez le museum pass ?

vu zaksɛpte lə myzeɔm pas ↗

使用巴黎博物館通行證可以參觀巴黎及近郊60間以上的博物館與著名景點。有通行證就不用排隊買票入場，在排隊入場或購票前先確認是否通用，能夠節省不少時間。

請問有導覽圖嗎？

Pouvez-vous me donner un plan ?

puvevu mə dɔne œ̃ plɑ̃ ↗

大多數的售票口並不會提供導覽圖，必須到服務台索取。順道一提，羅浮宮有中文的導覽圖，非常方便。

請問可以拍照嗎？

Je peux prendre des photos ?

ʒə pø prãdr de fɔto ↗

關於攝影，有些地方「可以攝影但不可以使用閃光燈」，有些地方則是「完全禁止攝影」。大部分景點在入口處或館內會有標誌，請事先確認清楚。

請問 ☐☐☐☐（藝術家）的作品在哪？

Où je peux trouver les œuvres de ☐☐☐☐ ?

ou ʒə pø truve le zœvr də ☐☐☐☐ ↗

如果想利用在巴黎短暫停留的時間多逛幾間博物館，入場後一定要優先參觀自己想看的作品。光看導覽圖還是不清楚的話，就可以用這句話詢問館員。

請問幾點閉館？

Ça ferme à quelle heure ?

sa fɛrm a kɛ lœr ↗

閉館時間前的15～30分鐘各個展間會陸續關閉，館員可能會開始催促。若入館時間較晚，不妨先用這句話確認時間，再好好規劃參觀動線。

入館

> queue 的發音是 [kø]，如果唸成 [ky] 會變成「臀部」，請特別注意

▶▶▶ 請問是在這裡排隊嗎？
C'est ici qu'il faut faire la queue ?
sɛ tisi kil fo fɛr la kø ↗

▶▶▶ 這是隊伍的最尾端嗎？
C'est la fin de la queue ?
sɛ la fɛ̃ də la kø ↗

● 請打開您的包包。
Pouvez-vous ouvrir votre sac ?
puvevu uvrir vɔtr sak ↗

> 入口處要安檢時

售票處

▶▶▶ 請給我 [1張成人票 / 1張學生票]。
[Un adulte / un étudiant], s'il vous plaît.
[œ̃ nadylt / œ̃ netydjɑ̃] sil vu plɛ

▶▶▶ 請給我 [1張成人票] 和 [1張兒童票]。
[Un adulte] et [un enfant], s'il vous plaît.
[œ̃ nadylt] e [œ̃ nɑ̃fɑ̃] sil vu plɛ

▶▶▶ 請給我特展 [成人票1張]。
[Un billet adulte] pour l'exposition temporaire, s'il vous plaît.
[œ̃ bijɛ adylt] pur lɛkspozisjɔ̃ tɑ̃pɔrɛr sil vu plɛ

▶▶▶ 可以使用巴黎博物館通行證嗎？
Vous acceptez le museum pass ?
vu zaksɛpte lə myzeɔm pas ↗

▶▶▶ [1張成人票] 多少錢？
Quel est le tarif pour [un adulte] ?
kɛ lɛ lə tarif pur [œ̃ nadylt] ↗

♨ 小叮嚀

因為背著後背包可能誤觸展示品，有時館員會請你改用手提著。

羅浮宮、奧塞美術館以及橘園美術館開放未滿18歲的民眾免費參觀。至於歐盟境外18～25歲的民眾，也能用優惠票價參觀奧塞美術館與橘園美術館。購票時請提出可證明年齡的護照或國際學生證。

請問有學生優待票嗎？

Vous avez un tarif étudiant ?

vu zave ɶ tarif etydjɑ̃ ↗

☐☐☐☐ 歲的兒童是免費的嗎？(→數字請參閱P184)

Pour un enfant de ☐☐☐ ans, c'est gratuit ?

pur ɶ nɑ̃fɑ̃ də ☐☐ ɑ̃ sɛ gratɥi ↗

中文的請說
en chinois [ɑ̃ ʃinwa]

請問有日文的導覽耳機嗎？要付費嗎？

Avez-vous un audioguide en japonais ? C'est payant ?

avevu ɶ odjogid ɑ̃ ʒapɔnɛ ↗ sɛ pɛjɑ̃ ↗

可以給我導覽圖嗎？

Pouvez-vous me donner un plan ?

puvevu mə dɔne ɶ plɑ̃ ↗

請問有日文的導覽圖嗎？

Avez-vous le plan en japonais ?

avevu lə plɑ̃ ɑ̃ ʒapɔnɛ ↗

請問幾點閉館？

Ça ferme à quelle heure ?

sa fɛrm a kɛ lœr ↗

在館內

請問可以拍照嗎？

Je peux prendre des photos ?

ʒə pø prɑ̃dr de fɔto ↗

可以，但禁止用閃光燈。

Oui, mais sans flash.

wi mɛ sɑ̃ flaʃ

不行，禁止拍照。

Non, c'est interdit de prendre des photos.

nɔ̃ sɛ tɛ̃tɛrdi də prɑ̃dr de fɔto

■■■ ▭▭▭ 在哪裡？

Où est ▭▭▭ **?**

u ɛ ▭▭▭ ↗

入口：**l'entrée** [lɑ̃tre]	出口：**la sortie** [la sɔrti]
電梯：**l'ascenseur** [lasɑ̃sœr]	行李寄放處：**la consigne** [la kɔ̃siɲ]
咖啡廳：**le café** [lə kafe]	洗手間：**les toilettes** [le twalɛt]
博物館商店：**la boutique du musée** [la butik dy myze]	

「請問洗手間在哪？」
Où sont les toilettes ?
[ou sɔ̃ le twalet]

在羅浮宮

「蒙娜麗莎的微笑」：**la Joconde** la ʒɔkɔ̃d

「米羅的維納斯」：**la Vénus de Milo** la venys də milo

「薩莫特拉斯的勝利女神」：**la Victoire de Samothrace** la viktwar də samotras

大衛「拿破崙一世登基加冕典禮」：**le Sacre de l'Empereur Napoléon 1er de David**
lə sakr də lɑ̃prœr napɔleɔ̃ prəmje də david

德拉克洛瓦「自由領導人民」：**la Liberté guidant le peuple de Delacroix**
la libɛrte gidɑ̃ lə pœpl də dəlakrwa

維梅爾「織花邊的少女」：**la Dentellière de Vermeer**
la dɑ̃təljer də vɛrme

 小叮嚀

請注意畫家的名字可能
和中文發音不太一樣。

在奧塞美術館

印象派繪畫：**les tableaux des impressionistes** le tablo de zɛ̃presjɔ̃nist

米勒「拾穗」：**les Glaneuses de Millet** le glanøz də mijɛ

馬內「草地上的午餐」**le Déjeuner sur l'herbe de Manet** lə deʒœne syr lɛrb də mane

莫內「聖拉薩車站」：**la Gare St-Lazare de Monet** la gar sɛlazar də mone

雷諾瓦「煎餅磨坊的舞會」：**le Bal du Moulin de la Galette de Renoir**
lə bal dy mulɛ̃ də la galɛt də rənwar

竇加「芭蕾舞星」：**l'Etoile de Degas** letwal də dəga

梵谷「奧維的教堂」：**l'Eglise d'Auvers-sur-Oise de Van Gogh**
legliz dovɛrsyrwaz də vɛ̃ gog

高更「大溪地的女人」：**les Femmes de Tahiti de Gauguin**
le fam də taiti də gogwɛ̃

在橘園美術館

莫內「睡蓮」：**les Nymphéas de Monet** le nɛ̃fea də mone

雷諾瓦「彈鋼琴的少女」：**les Jeunes filles au piano de Renoir**

le ʒœn fij o pjano də rənwar

▶▶▶ 請問 ⬚ 的作品在哪裡？

Où je peux trouver les œuvres de ⬚ ?

u ʒə pø truve le zœvr də ⬚ ↗

達文西：**Léonard de Vinci** [leɔnar də vɛ̃ʃi]

米開朗基羅：**Michel Ange** [mikɛlãʒ]　　竇加：**Degas** [dəgɑ]

莫內：**Monet** [mone]　　馬諦斯：**Matisse** [matis]

塞尚：**Cézanne** [sezan]　　畢卡索：**Picasso** [pikaso]

梵谷：**Van Gogh** [vɛ̃ gog]　　羅丹：**Rodin** [rɔdɛ̃]

實用單字

世紀：**siècle** [sjɛkl]

古代：**Antiquité** [ãtikite]

中世紀：**Moyen Age** [mwajɛ̃ naʒ]

繪畫：**peinture / tableau** [pɛ̃tyr / tablo]　　靜物畫：**nature morte** [natyr mɔrt]

油畫：**peinture à l'huile** [pɛ̃tyr a lɥil]　　肖像畫：**portrait** [pɔrtrɛ]

水彩：**aquarelle** [akwarɛl]　　雕刻：**sculpture** [skyltyr]

風景畫：**paysage** [peizaʒ]　　攝影：**photographie** [fɔtɔgrafi]

新古典主義：**Néoclassicisme** [neoklasisism]

浪漫派：**Romantisme** [rɔmãtism]

寫實主義：**Réalisme** [realism]

印象派：**Impressionisme** [ɛ̃presjɔnism]

點描主義：**Pointillisme** [pwɛ̃tijism]

野獸派：**Fauvisme** [fovism]

象徵主義：**Symbolisme** [sɛ̃bɔlism]

免費參觀美術館

因為法國人重視文化、喜好藝術,許多美術館都有免費參觀的時段。在此介紹能夠免費參觀的美術館給預算有限的人,不過免費參觀日的人潮通常會比較擁擠。另外,就算常設展是免費參觀,特展通常還是需要購票入場。

常設展全年免費的美術館

巴黎市立美術館(小皇宮)
雨果紀念館
康納克傑博物館
浪漫生活博物館
查德金美術館

每月第一個週日免費的美術館

羅浮宮(7/14 法國國慶日也免費)
奧塞美術館
橘園美術館
國立現代藝術美術館(龐畢度中心)
克紐尼中世紀美術館
羅丹美術館
德拉克洛瓦博物館(7/14 法國國慶日也免費)
古斯塔夫·莫羅美術館
建築·遺產博物館
布朗利河岸博物館
※ 可能會有部分展覽無法參觀。

週三夜間免費的美術館

歐洲攝影博物館(17:00～20:00)

巴黎博物館通行證

「巴黎博物館通行證 / Paris Museum Pass」適用於巴黎與近郊超過60個美術館與紀念碑，不需另外購票，不限入場次數，可以盡情地參觀，非常方便。尤其像是凡爾賽宮或羅浮宮這些超人氣景點，通常光是購票就大排長龍，這時要是有這張通行證就能暢行無阻。

適用的博物館

凱旋門、羅浮宮、奧塞美術館、橘園美術館、龐畢度中心、凡爾賽宮、羅丹美術館、聖禮拜堂、審判所附屬監獄、聖母院之塔、裝飾博物館、德拉克洛瓦美術館、建築·遺產博物館、古斯塔夫·莫羅美術館、克紐尼中世紀美術館、萬神殿、畢卡索美術館等。

種類與價格

分成連續2日42歐元、連續4日56歐元和連續6日69歐元三種。

哪裡買得到

巴黎觀光局服務中心（市區內有5個，詳細請參考 http://www.parisinfo.com）與部分美術館、紀念碑（凱旋門、羅浮宮、奧塞美術館、橘園美術館、羅丹美術館、龐畢度中心、裝飾藝術美術館、審判所附屬監獄、聖禮拜堂、聖母院之塔樓、克紐尼中世紀美術館、萬神殿、德拉克洛瓦美術館、古斯塔夫·莫羅美術館、郵政博物館、建築·遺產博物館）皆有販售。詳細請參考 http://www.parismuseumpass.com/

使用方法

自行在通行證記錄下第一次使用的日期，接著在美術館或紀念碑等景點的入口處出示通行證即可。

巴黎美術館＆紀念碑的開館資訊

來到藝術之都巴黎，絕對不能錯過這六個美術館與紀念碑。這些景點舉世聞名，非常值得參觀。不過人潮眾多時要有大排長龍的心理準備。

Musée du Louvre
羅浮宮美術館 / myze dy luvr

世界最大的美術館之一，珍藏許多古代到19世紀前半舉世聞名的藝術品。每年有近900萬人次參訪，堪稱世界第一。

地址：Musée du Louvre 75001
地鐵站：Palais Royal - Musée du Louvre ① ⑦
開館時間：9:00～18:00（週三、五～21:45）
休館日：週二、1/1、12/25
票價：常設展12歐元、特展13歐元、套票16歐元

Musée d'Orsay
奧塞美術館 / myze dorse

由廢棄多年的火車站改建而成的美術館，珍藏了19世紀後半至20世紀初的作品，又以印象派作品的收藏聞名世界。

地址：5 Quai Anatole France 75007
地鐵站：Musée d'Orsay RER C 線 Solférino ⑫
開館時間：9:00～18:00（週四～21:45）
休館日：週二、1/1、12/25
票價：普通票11歐元、優待票8.5歐元（16:30後、週四18:00後、歐盟境外18～25歲居民）

Musée de l'Orangerie
橘園美術館 / myze də lɔrãʒri

收藏了許多印象派與後印象派作品，最有名的是莫內的「睡蓮」。美術館於2006年整修完畢後，變成洋溢著自然光線的現代美術館。

地址：Jardin des Tuileries 75001
地鐵站：Concorde ① ⑧ ⑫
開館時間：9:00～18:00
休館日：週二、5/1、7/14早上、12/25
票價：普通票9歐元、優待票6.5歐元（歐盟境外18～25歲居民）、與奧塞美術館的套票為16歐元

Tour Eiffel
艾菲爾鐵塔 / tur ɛfɛl

1889年為巴黎萬國博覽會所建的巴黎地標，高度324公尺。參觀總人數高達2億人，是全世界收費建築物的第一名。

地址：Champ de Mars, 5 Avenue Anatole France 75007
地鐵站：Champs de Mars - Tour Eiffel RER C 線、Bir-Hakeim ⑥
開館時間：6/15～9/1為9:00～24:45，其他時間 9:30～23:45
休館日：全年無休
票價：搭電梯（至最上層）成人15.5歐元、青少年（12～24歲）13.5歐元、兒童（4～11歲）11歐元

Arc de Triomphe
凱旋門 / ark də trijɔ̃f

位於香榭大道西邊，奉拿破崙之命所建的紀念碑。可以在屋頂上眺望整個巴黎市。

地址：Place du Général de Gaule 75008
地鐵站：Charles de Gaule Étoile ①②⑥、RER A 線
開館時間：4/1～9/30為10:00～23:00、其他時間10:00～22:30
休館日：1/1、5/1、5/8早上、7/14早上、11/11早上、12/25
票價：普通票9.5歐元、優待票6歐元

Cathédrale Notre Dame de Paris
巴黎聖母院 / katedral nɔtr dam də pari

位在西堤島，於西元1225年完工，是極具代表性的哥德式建築。玫瑰玻璃窗以及美崙美奐的內部非常值得參觀。

地址：6 Parvis Notre-Dame - Place Jean - Paul ll 75004
地鐵站：Cité ④
開館時間：大聖堂8:00～18:45（週六、日～19:15）、塔樓4/1～9/30為10:00～18:30（7、8月的週五、六～23:00）、其他時間10:00～17:30、地下聖堂 10:00～18:00
休館日：塔樓 1/1、5/1、12/25；地下聖堂 週一、5/1
票價：塔樓 普通票8.5歐元；地下聖堂 普通票7歐元

{ 移動 }

Se déplacer

觀光、購物、吃美食、散步……在巴黎可以做的事情太多了，就算在這裡待上一個星期、十天、甚至一個月也不會膩。但是，大多數人只能停留四天三夜左右，行程多半非常緊湊，因此如何在短時間內有效率地運用交通工具（如徒步、地鐵、公車、計程車等）就變得非常重要。凡走過必留下痕跡，實際走過這座美麗的城市，心中肯定會留下深刻的記憶。

在巴黎自由活動的6個基本知識

1. 路線與環區

巴黎地鐵一共有14條路線,搭乘前務必確認好路線與終點是否正確。巴黎地鐵分成5個環區(zone),1~2環全線票價相同。至於到凡爾賽宮等地方要搭乘的RER票價則會依環區而有所變化。

2. 車票

地鐵票或回數券可以至自動售票機購買。請注意不要把車票放在有磁性的物品附近,以免無法使用。如果發生這種情形,請至窗口更換車票(→P156)。此外,站務員有時會查票,所以在走出剪票口前都要將車票保管好。

3.RER車票請買到目的地

RER車站沒有設置補票機,若使用不足的車資搭乘,會被視為違規乘車,因此請在搭乘之前確認好目的地票價。

4. 搭公車

在地鐵站購買的車票及回數券也能拿來搭公車,但公車內販售的車票僅限公車專用。公車經常因為塞車而擔誤時間,如果時間上比較趕,建議還是搭地鐵,有充裕時間時再考慮搭公車。

5. 搭計程車

在巴黎街頭不太容易攔到計程車,如果散步途中想坐計程車的話,請到寫著「TAXIS」的計程車招呼站等待。若在餐廳或旅館,也可以請工作人員幫忙叫車。

6. 迷路時請找地鐵站

巴黎市區到處都有地鐵站,迷路時不妨以地鐵為目標找路。若不知身在何處,請先尋找地鐵的標誌。為了預防萬一,最好隨時將住宿飯店的名字與地址帶在身上,以備不時之需。(→P191)

移動 必學的6句話

要在哪一個地鐵站換車？哪一個公車站下車？如何徒步到景點？
與其自己不斷苦惱，不妨直接詢問當地人。

1

□□□□ 在哪裡？

Où est □□□□ ?

u ɛ □□□□ ↗

走在巴黎街頭、地鐵站、RER車站、百貨公司或超市，需要問路的時候就說這
句話吧。問路前請先用第六感找出應該會親切回應的人。

2

請告訴我如何去 □□□□ 好嗎？

Pouvez-vous m'indiquer comment aller à □□□□ ?

puvevu mɛ̃dike kɔmɑ̃ ale a □□□□ ↗

可填入站名、觀光景點或著名的店家等，適用於各種狀況。也可以拿著巴黎地
圖或地鐵圖詢問路人，必要時也可以請他們把去的方法寫下來。

3

請給我1張車票。

Un ticket, s'il vous plaît.

œ̃ tikɛ sil vu plɛ

上公車後和司機購買票券時可以這麼說。雖然地鐵票可以從自動售票機購買，
不太需要開口說話，但若不懂自動售票機的使用方法，也可以用這句話向站務員
確認。

4

這班地鐵有到 ☐☐☐☐ 站嗎？

Ce métro s'arrête à la station ☐☐☐☐ ?

sə metro saret a la stasjɔ̃ ☐☐☐☐ ↗

← Trains Grandes Lignes
RER Ⓐ St-Germain-en-Laye – Poissy
Ⓓ Orry-la-Ville
Ⓜ Ⓐ La Défense
Ch. de Vincennes

確定好路線與終點站就能避免坐錯地鐵的窘境。如果在月台候車時還是不放心，就詢問一下附近的人吧。若要問的是RER，只要將「métro」改為「train / trɛ̃」即可。

5

這附近有沒有 ☐☐☐☐ ？

Est-ce qu'il y a ☐☐☐☐ près d'ici ?

ɛs ki li a ☐☐☐☐ prɛ disi ↗

急著想上廁所，或想去咖啡館、超市、ATM領錢時可以如此發問。雖然自己看地圖或旅遊指南也找得到，不過問路人還是最快的方法。

6

到 ☐☐☐☐ 站可以和我說嗎？

Pouvez-vous me dire quand on arrive à ☐☐☐☐ ?

puvevu mə dir kɑ̃ tɔ̃ nariv a ☐☐☐☐ ↗

在國外搭車偶爾會碰到站名標示太小，或光靠車外景像無法判斷是否到站的情況，這時不妨主動詢問附近的乘客。若怕聽不清楚車內的廣播，也可以事先請司機或其他乘客幫忙。可以填入公車停靠站或地鐵站名。

Métro
地鐵

1900年開通的地鐵已是巴黎不可或缺的象徵。地鐵營運時間為清晨5點30分左右到深夜1點15分（週五、週六、節日前一晚至節日當天延長至2點15分）。由於列車班距密集，再加上全線均一票價，乘客能夠任意轉車，可以說是最方便的交通工具。巴黎地鐵目前一共有14條路線，最老的1號線與最新的14號線為自動駕駛。

地鐵票可以從自動售票機購買

➤➤ 請告訴我自動售票機的使用方法。
Pouvez-vous m'aider à utiliser l'automate ?
puvevu mede a ytilize lɔtɔmat ↗

➤➤ 我想買 [1張票 / 1套回數票 / 1～2環的一日券]。
Je voudrais acheter [un ticket / un carnet / un Mobilis de la zone 1 à 2].
ʒə vudrɛ aʃte [õ tikɛ / õ karnɛ / õ mɔbili də la zon õ a dø]

➤➤ 我要買1～2環的週票。
Je voudrais acheter le Pass Navigo Découverte et le forfait semaine de la zone 1 à 2.
ʒə vudrɛ aʃte lə pas navigo dekuvert e lə fɔrfɛ səmɛn də la zon õ a dø

➤➤ 可以告訴我如何到 ☐☐☐ 站嗎？
Pouvez-vous m'indiquer comment aller à la station ☐☐☐ ?
puvevu mẽdike kɔmã ale a la stasjɔ̃ ☐☐☐ ↗

小叮嚀

Ticket / tikɛ：普通票，1.8歐元。

Carnet / karnɛ：回數票（1套10張），比普通票划算，14.1歐元。

Mobilis / mɔbili： 一日券，不限搭乘次數，7歐元（限1～2環）。

Navigo Découverte / navigo dekuvert：類似悠遊卡，可以選擇週票（週一～週日）或月票，必需準備25mm×30mm的照片至窗口辦理。卡片5歐元+1週份（限1～2環）21.25歐元。

※票價於每年7月調整。

可以填入
1～14號

███ ┌────┐ 號線的 [末班車 / 首班車] 是幾點?(→數字請參閱P184)

**[Le dernier métro / Le premier métro] de la
ligne ┌────┐ part à quelle heure ?**

[lə dɛrnje metro / lə prəmje metro] də la liɲ ┌────┐ par a kɛ lœr ↗

███ 車票過不了剪票口。

Le ticket ne marche pas.

lə tikɛ nə marʃ pa

請至服務處詢問

███ 請給我地鐵路線圖。

Un plan de métro, s'il vous plaît.

œ̃ plɑ̃ də metro sil vu plɛ

███ 這班地鐵有到 ┌────┐ 站嗎?

Ce métro s'arrête à la station ┌────┐ ?

sə metro sarɛt a la stasjɔ̃ ┌────┐ ↗

███ 這號線的終點站是哪一站?

Quel est le terminus de cette ligne ?

kɛlɛ lə tɛrminys də sɛt liɲ ↗

███ 這是幾號線的月台?

C'est quelle ligne de métro ici ?

sɛ kɛl liɲ də metro isi ↗

⬤ 請給我看車票。

Votre titre de transport, s'il vous plaît.

vɔtr titr də trɑ̃spɔr sil vu plɛ

███ 我的車票不見了。

J'ai perdu mon ticket.

ʒɛ pɛrdy mɔ̃ tikɛ

🐚 小叮嚀

車票若放在有磁性的物
品旁會失效,請至窗口
更換車票。

在車站偶爾會遇到查票
(contrôle / kɔ̃trol),
請將車票出示給站務
員。車票遺失會被罰款
(amende / amɑ̃d),
請特別注意。

地鐵的相關圖示

地鐵入口
Entrée du métro
ãtre dy metro

綠色鐵柱是最常見的地鐵入口標誌，具有懷舊的巴黎風情。

地鐵入口
Entrée du métro
ãtre dy metro

黃色M字也是入口標誌。地鐵標誌是巴黎街頭不可或缺的景象。

號線看板
Plan de ligne
plã də liɲ

到月台之前會有各號線的說明圖，請先確認是否有到目的地車站。

月台看板
Panneau SIEL
pano ɛsiəel

標示著路線號碼、終點站以及下一班列車的進站時間。

把手
Loquet de porte
lɔkɛ də pɔrt

除了自動駕駛的1號線與14號線之外，到站後列車的門均要手動拉開把手。

號線看板
Panneau de correspondance
pano də kɔrɛspõdãs

轉車時請沿著要搭乘的路線號碼走，並隨時注意牆壁上的指示。

出口
Sortie
sɔrti

當車站有好幾個出口時，標誌上會寫出距離出口最近的街道名稱。

窗口
Guichet
giʃɛ

在這裡可以拿到地鐵路線圖，也可以詢問轉乘資訊。

自動售票機
Automate
ɔtɔmɛtc

顯示語言可以選擇英文，接受信用卡付款。

車票
Ticket
tikɛ

地鐵與公車共通的票券，在地鐵路線內可自由轉乘。

地鐵路線圖
Plan de métro
plã də metro

通常會出現在窗口或月台附近。坐哪一號線、在哪下車一目瞭然。

剪票口
Portique de métro
portik də metro

感應或插入票卡後，門就會自動打開。

實用單字

月台：**quai** [ke]

折疊式座椅：**strapontin** [strapɔ̃tɛ̃]

手扶梯：**escalator** [ɛskalatɔr]

電梯：**ascenseur** [asɑ̃sœr]

轉乘：**correspondance** [kɔrɛspɔ̃dɑ̃s]

終點站：**terminus** [tɛrminys]

對面月台：**quai d'en face** [ke dɑ̃ fas]

往 ⬚ 方向：**en direction de** ⬚ [ɑ̃ dirɛksjɔ̃ də ⬚]

罷工：**grève** [grɛv]

可疑物品：**colis suspect** [coli syspɛ]

人身事故：**incident voyageur** [ɛ̃sidɑ̃ vwajaʒœr]

因施工而封閉：**fermé pour travaux** [fɛrme pur travo]

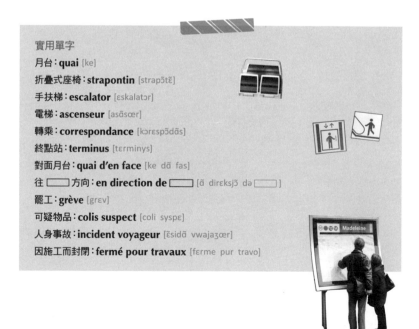

RER
區域特快鐵路

區域特快鐵路是連結巴黎市區與凡爾賽宮、戴高樂機場、巴黎迪士尼樂園等的近郊電車，共有A～E五條路線。區域快鐵在巴黎市區的停靠站比地鐵站少，每一站的距離也比較長。在巴黎市區內，RER車票或回數票能夠和地鐵互通，市區之外則以環（zone）區分票價。

> RER車票可以在售票窗口購買

➤ 請給我一張到 ⬚ 的 [單程 / 來回] 票。
Un ticket [aller simple / aller retour] pour ⬚ , s'il vous plaît.
œ̃ tikɛ [ale sɛ̃pl / ale rətur] pur⬚ sil vu plɛ

➤ ⬚ 站在哪一環？
Quelle est la zone de la gare de ⬚ ?
kɛl ɛ la zon də la gar də⬚ ↗

➤ [A / B / C / D] 線的月台在哪裡？
Où est le quai de la ligne [A / B / C / D] ?
u ɛ lə ke də la liɲ [a / be / se / de]↗

➤ 這班電車有到 ⬚ 嗎？
Ce train va à ⬚ ?
sə trɛ̃ va a⬚ ↗

🎐 小叮嚀

地鐵站叫做「station / stasjɔ̃」，RER或國鐵的車站叫「gare / gar」。

搭乘RER出站時必須通過剪票口，因此請勿遺失車票。

巴黎：**Paris** [pari]
凡爾賽宮站：**la gare de Versailles Rive Gauche**
[la gar də vɛrsaj riv goʃ]
戴高樂機場：**l'aéroport Charles de Gaulle** [laerɔpɔr ʃarl də gol]
巴黎迪士尼樂園：**Disneyland Paris** [diznilɑ̃ pari]

> 戴高樂機場也可以說成「Roissy / rwasi」

搭乘RER可到達的景點

〈A線〉

· **La Défense** [la defãs] →拉德芳斯

· **Charles-de-Gaulle-Etoile** [ʃarldəgol etwal] →凱旋門

· **Auber** [obe] →百貨街／巴黎國家歌劇院

· **Châtelet-Les Halles** [ʃatlɛ le al] →龐畢度中心

· **Gare de Lyon** [gar də liɔ̃] →里昂車站

· **Vincennes** [vɛ̃sɛn] →凡仙堡／凡仙森林

· **Marne-la-Vallée-Chessy** [marn la vale ʃɛsi] →巴黎迪士尼樂園

〈B線〉

· **Aéroport Charles de Gaulle 1,2** [aeropɔr ʃarl də gol œ̃ dø]
　→戴高樂機場

· **Gare du Nord** [gar dy nor] →北站

· **Châtelet-Les Halles** [ʃatlɛ le al] →龐畢度中心

· **St-Michel-Notre-Dame** [sɛ̃miʃel nɔtrdam] →聖母院／西堤島

· **Luxembourg** [lyksãbur] →盧森堡公園

〈C線〉

· **Versailles Rive Gauche** [vɛrsaj riv goʃ] →凡爾賽宮

· **Champs de Mars-Tour Eiffel** [ʃã də mars tur efɛl] →艾菲爾鐵塔／戰神廣場

· **Pont de l'Alma** [pɔ̃ də laləma] →阿爾瑪橋／蒼蠅船（塞納河遊船）上船處

· **Invalides** [ɛ̃valid] →傷兵院

· **Musée d'Orsay** [myze dorse] →奧塞美術館

· **St-Michel-Notre-Dame** [sɛ̃miʃel nɔtrdam] →聖母院／西堤島

· **Gare d'Austerlitz** [gar dosteriz] →奧斯特立茲車站

介紹站名與最近的景點

小叮嚀

RER列車分成每站皆停與只停特定幾站的快車，上車前除了確認目的地，也要注意列車停靠的車站。月台看板會顯示沿途停靠的車站，一看就知道下一站的站名。

計程車

巴黎的計程車起跳價是2.4歐元（約台幣96元），白天在巴黎市區移動的車資最便宜，傍晚、夜間、清晨、週日、國定假日，以及到機場等郊區的車資比較貴。在巴黎不容易當街攔計程車，通常要到寫著「TAXIS」看板的計程車招呼站等候。

■■■ 麻煩請到 ▢▢▢ 。

▢▢▢ , s'il vous plaît.

▢▢▢ sil vu plɛ

> 把地址拿給司機看較不易出錯

戴高樂機場：**Aéroport Charles de Gaulle** [aeropɔr ʃarl də gol]

奧利機場：**Aéroport d'Orly** [aeropɔr dorli]

這間旅館：**Cet hôtel** [sɛ totɛl]

這個地址：**Cette adresse** [sɛ tadrɛs]

凱旋門：**L'Arc de Triomphe** [lark də trijɔ̃f]

→其他觀光景點請參閱P149

■■■ 可以使用信用卡嗎？

Vous acceptez les cartes de crédit ?

vu zaksɛpte le kart də kredi ↗

■■■ 不用找錢了。

Gardez la monnaie.

garde la mɔnɛ

💡 小叮嚀

搭計程車不一定要給小費，但很多人會把2～3歐元左右的找零當成司機的小費。請注意第二件行李開始每件要多收1歐元。

請 [右 / 左] 轉。
Tournez [à droite / à gauche]
turne [a drwat / a goʃ]

請直走。
Continuez tout droit.
kɔ̃tinɥe tu drwa

我在這裡下車。
Je descends ici.
ʒə desã isi

請停車。
Pouvez-vous vous arrêter là ?
puvevu vu zarɛte la ↗

我要坐 ⬚⬚⬚ 點的 [飛機 / 電車]，可以開快一點嗎？（→數字請參閱P184）
Pouvez-vous vous dépêcher pour attraper
[l'avion / le train] de ⬚⬚⬚ heures ?
puvevu vu depɛʃe pur atrape [lavjɔ̃ / lə trɛ̃] də ⬚⬚⬚ œr ↗

這真的是捷徑嗎？
C'est vraiment le chemin le plus court ?
sɛ vrɛmã lə ʃ(ə)mɛ̃ lə ply kur ↗

覺得司機
在繞遠路時

（手邊現金不夠時）
麻煩您在最近的ATM停一下好嗎？
Pouvez-vous vous arrêter au distributeur
le plus proche ?
puvevu vu zarɛte o distribytœr lə ply prɔʃ ↗

跳表顯示的費用好像太多了⋯⋯
J'ai l'impression que le montant affiché
est trop élevé par rapport à la distance.
ʒɛ lɛ̃presjɔ̃ kə lə mɔ̃tã afiʃe ɛ tro pelve par rapɔr
a la distãs

🔊 小叮嚀

計程車的車門並不是自
動的，必須自己開門。乘
客通常以三人為限。

車頂的「TAXI PARISIEN」
如果亮綠燈，代表「空
車」（左圖）；亮紅燈或
熄滅狀態，則代表目前
有人乘坐（右圖）。

報攤販售的巴黎地圖有
標示計程車招呼站。

Bus
公車

巴黎市內的公車與地鐵都是由RATP（巴黎大眾運輸公司）所經營，因此可以使用同樣的車票與回數券。公車路線可以彌補地鐵網路的不足，你可能會碰到搭乘地鐵必須轉好幾次車，搭公車卻能直達的情形。不過，公車的缺點是尖峰時段容易誤點。

公車裡沒有賣 carnet（回數票）

請給我一張票。
Un ticket, s'il vous plaît.
œ̃ tikɛ sil vu plɛ

這輛公車有到 ☐☐☐ 嗎？
Ce bus va à ☐☐☐ ?
sə bys va a ☐☐☐ ↗

我要在這裡下車。
Je descends ici.
ʒə desɑ̃ isi

請開門。
La porte, s'il vous plaît.
la pɔrt sil vu plɛ

司機忘了開門或太早關門時

您要下車嗎？
Vous descendez ?
vu desɑ̃de ↗

想下車但太擁擠時不妨問前面的乘客是否要下車

🎵 小叮嚀

巴黎市區大約有60多條路線，白天大約5～15分鐘有一班車。

請先在候車亭確認路線號碼（上圖）與行徑路線（下圖）。

詢問附近的乘客

- 到 □ 站可以和我說嗎？
  Pouvez-vous me dire quand on arrive à □ ?
  puvevu mə dir kɑ̃ tɔ̃ nariv a □ ↗

- 我可以坐這裡嗎？
  Est-ce que je peux m'asseoir ici ?
  ɛs kə ʒə pø maswar isi ↗

車內太擁擠無法
按下車鈕時

- 可以幫我按下車鈕嗎？
  Pouvez-vous appuyer sur le bouton de demande d'arrêt ?
  puvevu apɥije syr lə butɔ̃ də dəmɑ̃d darɛ ↗

- 您要坐嗎？
  Vous voulez vous asseoir ?
  vu vule vu zaswar ↗

讓坐時

- 謝謝你，你真好。
  Merci, c'est très gentil à vous.
  mɛrsi sɛ trɛ ʒɑ̃ti a vu

被讓坐時

- 不客氣。
  Non, merci.
  nɔ̃ mɛrsi

👣 小叮嚀

車內到處都有下車鈕，
按了之後前方的停車燈
（arrêt demandé / arɛ
dəmɑ̃de）會亮。

巴黎街頭有著無窮的樂趣，在這裡可以欣賞奧斯曼式建築、中古世紀遺留下來的建築物或紀念碑，聞聞麵包店飄來的香氣，或沿路欣賞坐在露天咖啡座的時尚巴黎人，可能不知不覺就走了2～3個地鐵站。在巴黎，徒步也是很方便的移動方式。選一雙好走的鞋子，盡情享受漫步巴黎的樂趣吧！

這附近有 ☐ 嗎？

Est-ce qu'il y a ☐ près d'ici ? ɛs ki li ja ☐ prɛ disi ↗

洗手間
des toilettes
de twalɛt

郵局
un bureau de Poste
œ̃ byro də pɔst

藥局
une pharmacie
yn farmasi

地鐵站
une station de métro
yn stasjɔ̃ də metro

ATM提款機
un distributeur de billets
œ̃ distribytœr də bijɛ

外幣兌換所
un bureau de change
œ̃ byro də ʃɑ̃ʒ

百貨公司：**un grand magasin** [œ̃ grɑ̃ magazɛ̃]
超級市場：**un supermarché** [œ̃ sypɛrmarʃe]
郵筒：**une boîte aux lettres** [yn bwat o lɛtr]
咖啡館：**un café** [œ̃ kafe]

▰▰▰ [最近的地鐵站 / 最近的公車站] 在哪裡？

Où est [la station de métro la plus proche /
l'arrêt de bus le plus proche] ?

u ɛ [la stasjɔ̃ də metro la ply prɔʃ / larɛ də bys lə ply prɔʃ] ↗

🔊 小叮嚀

不管是多小的街道，都
會在街頭與街尾的建築
物上標示出街道名稱，
所以在迷路時請先確認
街道的名字。

▰▰▰ 可以告訴我怎麼去 ⬜⬜⬜ 嗎？

Pouvez-vous m'indiquer comment aller à ⬜⬜⬜ ?

puvevu mɛ̃dike kɔmɑ̃ ale a ⬜⬜⬜ ↗

▰▰▰ 走到那裡要多久時間？

Ça prend combien de temps à pied ?

sa prɑ̃ kɔ̃bjɛ̃ də tɑ̃ a pje ↗

先用「Bonjour Monsieur /
Madame」打聲招呼

實用單字

街道：**rue** [ry]
往右轉：**tourner à droite** [turne a drwat]
往左轉：**tourner à gauche** [turne a goʃ]
直走：**aller tout droit** [ale tu drwa]
角落：**angle** [ɑ̃gl]
號誌：**feu** [fø]
馬路：**passage piéton** [pasaʒ pjetɔ̃]

Problèmes 3

在巴黎搭乘地鐵或公車，偶爾會碰到問題，讓人焦躁不安。遇到問題時，請視情況使用本頁的例句。

搭地鐵・RER・公車

車票放在有磁性的物品附近而失效時

➤➤ 車票過不了剪票口。

Le ticket ne marche pas.

lə tikɛ nə marʃ pa

剪票口旁有門，可以請窗口的站務員為你開門

➤➤ 我的行李箱太大，過不了剪票口。

Je ne peux pas passer le portique avec ma valise.

ʒə nə pø pa pase lə portik avɛk ma valiz

查票時若無法出示票券，不論理由為何都可能會被罰款

➤➤ 我的車票不見了。

J'ai perdu mon ticket.

ʒɛ pɛrdy mɔ̃ tikɛ

自己搭乘的地鐵或列車靜止不動時

➤➤ 請問您知道為什麼 [地鐵 / 列車] 停下來了嗎？

Vous savez pourquoi [le métro / le train] s'est arrêté ?

vu save purkwa [lə metro / lə trɛ̃] sɛ zarete ↗

在車站或車廂內聽不清楚廣播內容時

➤➤ 可以請您告訴我廣播說了什麼嗎？

Pouvez-vous me dire ce que le chauffeur a dit ?

puvevu mə dir sə kə lə ʃofœr a di ↗

SORTIE →

可能的回答

● 好像有人身事故。
Il y a un incident voyageur.
ili ja œ̃ nɛ̃sidã vwajaʒœr

● 好像發現了不明物品。
Il y a un colis suspect.
ili ja œ̃ kɔli syspɛ

等了很久地鐵或列車都不來時

▰▰ 您知道為什麼下一班 [地鐵 / 列車] 都不來嗎？
Vous savez pourquoi le prochain [métro / train] n'arrive pas ?
vu save purkwa lə prɔʃɛ̃ [metro / trɛ̃] nariv pa ↗

乘客全都下車轉乘其他地鐵或列車・坐公車被要求中途下車時

▰▰ 為什麼大家要在這裡下車呢？
Pourquoi on doit descendre ici ?
purkwa ɔ̃ dwa desãdr isi ↗

不確定今天有沒有罷工活動「grève / grɛv」時

▰▰ 我聽說今天有罷工活動。您知道哪一號線有行駛嗎？
J'ai entendu que c'est la grève aujourd'hui.
Vous savez quelles lignes fonctionnent ?
ʒɛ ãtãdy kə sɛ la grɛv oʒurdɥi
vu save kɛl liɲ fɔ̃ksjɔn ↗

身體不舒服時

▰▰ 不好意思，我身體不太舒服，可以讓位給我坐嗎？
Excusez-moi. Je me sens mal. Est-ce que je peux m'asseoir ?
ɛkskyzemwa ʒə mə sã mal ɛs kə jə pø maswar ↗

徒步

迷路時

▶▶ 我迷路了。請問這裡是哪裡？
Je suis perdu. Où sommes-nous ?
ʒə sɥi pɛrdy u sɔmnu↗

▶▶ （給路人看地址）我想去 [這家旅館 / 這條街]，但走不到。
Je n'arrive pas à trouver [cet hôtel / cette rue] .
ʒə nariv pa a truve [sɛ totɛl / sɛt ry]

看懂路牌

在街道角落的建築物上，會有寫著街道名稱的路
牌。最上面寫的是區域號碼，中間是街道名稱。若
街道名稱是以名人命名，有時會在底下標註該人物
的職業或功蹟。

巴黎的街道名＆罷工活動對策

巴黎的街道名

如果想在巴黎的街道上散步，建議您在機場、街頭書報攤或書店購買筆記本尺寸的巴黎地圖集「plan de Paris / plɑ̃ də pari」，書中刊載了巴黎所有街道「rue / ry」的名稱，街道名全都可以用索引來查詢，只要有地址就一定找得到。地址的號碼於道路兩側分為單號與雙號。與塞納河交錯的路段，其地址是從塞納河開始為1號、3號……依序增加上去。

至於巴黎的街道名稱，有從中世紀延續下來的名字，也有以聖賢命名，甚至是以「釣魚的貓」、「大野狼的洞穴」、「狐狸」、「四陣風」、「小爸爸們」等繪本為名的奇妙街道，散步時一邊拿著字典查這些字也很有趣。此外，巴黎日本文化會館前有「京都廣場：Place de Kyoto」、現代美術館前有「東京廣場：Place de Tokyo」、20區也有叫做「日本街：Rue de Japon」的地方。

罷工活動對策

巴黎的地鐵、公車或RER等機構，一年會舉辦數次罷工活動，有時活動甚至會持續一個月之久。對於以地鐵為主要交通方式的旅客而言，這樣混亂的狀況的確造成很大的不便，不過只要認清這點，懂得臨機應變，旅遊時就不至於造成困擾。

罷工中各路線的行駛狀況，除了會公佈在RATP（巴黎大眾運輸公司）的網頁之外，也會公佈在各車站剪票口附近的電視螢幕上，或者也可以直接詢問旅館的櫃台人員。其實罷工期間很少出現全部停駛的狀況，通常有1/2或1/3的路線不會受影響。至於影響的程度也會依路線而不同，例如1號線與14號線為自動駕駛，因此不會受到影響。

罷工期間照常行駛的地鐵與公車，有時會異常擁擠，所花的交通時間可能是原來的2～3倍，萬一碰到這種情況，建議改為徒步觀光或是以購物取代原本的行程。此外，巴黎市的自動租單車系統「Velib / velib」也非常便利，但可能會遇到單車全被通勤的上班族借光的情形。

{ 住宿 }

Dormir

巴黎有許多私人經營的小型旅館，這些旅館精巧可愛，比大型連鎖飯店更具居家氛圍。不過小型旅館比較容易缺乏最新設備，因此可能會碰到物品不足的狀況。若遇到這種情形，請不要猶豫，馬上告知旅館人員，說不定這樣的交流也能帶來有趣又深刻的回憶喔。

在旅館舒適渡假的6個基本知識

1. 與旅館人員打招呼

住宿巴黎期間,每天都有機會見到旅館人員,無論是在櫃台或走廊遇到他們,都請面帶笑容打聲招呼。

2. 務必攜帶預約確認單

如果是在網路上訂房,請務必攜帶訂房的確認單據「Confirmation / kɔ̃firmasjɔ̃」,萬一預約出現任何問題時才能出示證明。

3. 自行攜帶拖鞋

回到飯店好想馬上脫鞋子放鬆一下…法國的飯店房間內通常不會備有拖鞋,也不容易找到賣拖鞋的地方,最好還是自行攜帶。

4. 熱水或其他日用品

法國的旅館很少備有熱水瓶,想要熱水時請告知櫃台人員。在櫃台也可以借剪刀、刀叉、杯子或開罐器等不方便帶出國的物品。

5. 留意竊盜

就算在客房內也可能會發生竊盜案件,所以請勿將護照、錢包或首飾等貴重物品放在桌上。就算只是暫時離開房間,也務必將貴重物品帶在身上,或者鎖在房間的保險箱內。

6. 小費

3星級以下的旅館通常不用另外付小費。如果想感謝服務人員幫你把行李箱搬到客房,或是對親切的客房服務感到很滿意時,可以給1歐元左右的小費表達謝意。

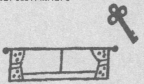

住宿 必學的6句話

住宿期間用到法語的機會很多，例如想請旅館人員給予觀光上的建議，或臨時需要任何物品時，都可以使用書中介紹的實用短句。

①

我有用 ⬜⬜⬜ 的名字預約。

J'ai réservé au nom de ⬜⬜⬜ .

ʒɛ rezɛrve o nɔ̃ də ⬜⬜⬜

訂位的基本關鍵就是「名字」。對法國人來說，亞洲人的名字不太好記，因此請工整寫好每一個字。此外，法語H不發音，若姓名為H開頭的人也請特別留意。
（→法語字母請參閱P182）

②

可以借我 ⬜⬜⬜ 嗎？

Pouvez-vous me prêter ⬜⬜⬜ ?

puvevu mə prɛte ⬜⬜⬜ ↗

除了高級旅館之外，巴黎的旅館在設備與用品方面偶爾會比較不足。不過，其實許多物品皆能在櫃台借到喔。

③

這要收費嗎？

C'est payant ?

sɛ pɛjɑ̃ ↗

無論是借用大廳裡的電腦、影印機或嬰兒床，為了避免事後收到費用驚人的帳單，住宿期間若有任何收費疑慮，就可以這麼發問。

4

可以給我熱水嗎？

Pouvez-vous me donner de l'eau chaude ?

puvevu mə dɔne də lo ʃod ↗

許多巴黎旅館並沒有熱水瓶。晚上回旅館後，若想喝超市買來的茶，或是自己帶來的即溶湯品，請向櫃台詢問是否有熱水。

5

☐☐☐☐ 不能運作。

☐☐☐☐ ne marche pas.

☐☐☐☐ nə marʃ pa

冷氣、暖氣、電視、冰箱等，碰到任何東西無法使用時，請用這句話告知旅館人員。順道一提，有時原本以為故障的設備，其實只是使用方法和國內不同而已。

6

請告訴我怎麼去 ☐☐☐ ？

Pouvez-vous m'indiquer comment aller à ☐☐☐ ?

puvevu mẽdike kɔmã ale a ☐☐☐ ↗

小旅館雖然沒有接待員，但有櫃台人員會為旅客解答各種問題。如何坐地鐵去凱旋門？能否徒步到艾菲爾鐵塔？與其自己煩惱，不妨勇敢地詢問櫃台人員。

登記入住

■■■ 我用 [佐藤] 的名字預約了一間 ▭ 。

J'ai réservé ▭ au nom de [Sato].

ʒɛ rezɛrve ▭ o nɔ̃ də [sato]

單人房*1：**une chambre simple** [yn ʃɑ̃br sɛ̃pl]

雙人房（一大床）：**une chambre double** [yn ʃɑ̃br dubl]

雙人房（兩小床）：**une chambre twin** [yn ʃɑ̃br twɪn]

三人房：**une chambre triple** [yn ʃɑ̃br tripl]

四人房：**une chambre quadruple** [yn ʃɑ̃br kwadryplə]

公寓型：**un appartement** [œ̃ napartəmɑ̃]

小套房型：**une suite junior** [yn sɥit ʒynjɔr]

豪華套房型：**une suite** [yn sɥit]

★1 也可以說「une chambre single / yn ʃɑ̃br singœl」。

■■■ 我要住[三晚]。 （→數字請參閱P184）

C'est pour [trois nuits].

sɛ pur [trwa nɥi]

■■■ 可以幫我保管一下行李箱嗎？

Pouvez-vous garder ma valise ?

puvevu garde ma valiz ♪

■■■ 可以借嬰兒床嗎？要收費嗎？

Pouvez-vous me prêter un lit bébé ? C'est payant ?

puvevu mə prɛte œ̃ li bebe ♪ sɛ pɛjɑ̃ ♪

■■■ 我不需要額外的 [嬰兒 / 小孩] 床。

Je n'ai pas besoin de lit supplémentaire pour [mon bébé / mon enfant].

ʒə nɛ pa bəzwɛ̃ də li syplemɑ̃tɛr pur [mɔ̃ bebe / mɔ̃ nɑ̃fɑ̃]

■■■ 我的房間在幾樓？（→數字請參閱P184）

Ma chambre est à quel étage ?

ma ʃɑ̃br ɛ ta kɛletaʒ ♪

小叮嚀

辦理入住時，若能出示網路訂房時收到的確認單，手續會變得更簡單。

許多旅館可以免費租借折疊式的嬰兒床，如有需要請事先預約。

📖 小叮嚀

3星級以下的旅館通常要
自己搬行李。

▰▰ 可以幫我把行李箱搬到房間嗎？
Pouvez-vous monter ma valise jusqu'à la chambre ?
puvevu mɔ̃te ma valiz ʒyska la ʃɑ̃br ↗

▰▰ 大人的早餐費用是多少錢？
Quel est le tarif du petit-déjeuner pour un adulte ?
kɛlɛ lə tarif dy pətideʒœne pur œ̃ nadylt ↗

▰▰ 小孩的早餐費用是多少錢？
Quel est le tarif du petit-déjeuner pour un enfant ?
kɛlɛ lə tarif dy pətideʒœne pur œ̃ nɑ̃fɑ̃ ↗

▰▰ 早餐時間從幾點到幾點？
Quels sont les horaires du petit-déjeuner ?
kɛl sɔ̃ le zɔrɛr dy pətideʒœne ↗

▰▰ 早餐是歐式還是自助式的？
C'est un petit-déjeuner continental ou buffet ?
sɛ tœ̃ pətideʒœne kɔ̃tinɑ̃tal u byfɛ ↗

▰▰ 可以幫我將早餐送到房間嗎？
Pouvez-vous m'apporter le petit-déjeuner à la chambre ?
puvevu mapɔrte lə pətideʒœne a la ʃɑ̃br ↗

▰▰ 退房時間是幾點？
Quelle est l'heure de check-out ?
kɛlɛ lœr də tʃɛkawt ↗

▰▰ 旅館櫃台是24小時的嗎？
La réception est ouverte 24h/24 ?
la resɛpsjɔ̃ ɛ tuvɛrt vɛ̃ katr œr syr vɛ̃ katr ↗

住宿期間：外出

▶▶▶ 請幫我預約這間餐廳。 （→預約表格請參閱P188）

Pouvez-vous réserver dans ce restaurant, s'il vous plaît ?

puvevu rezɛrve dã sə rɛstɔrã sil vu plɛ ↗

▶▶▶ [現在 / 今天 ▭ 點 / 明天 ▭ 點] 請幫我叫計程車。

**Pouvez-vous m'appeler un taxi pour [maintenant /
aujourd'hui à ▭ heures / demain à ▭ heures] ?**

puvevu mapəle ɶ̃ taksi pur [mɛ̃tnã / oʒurdɥi a ▭ ɶr / dəmɛ̃ a ▭ ɶr] ↗

（→數字請參閱P184）

> 為了避免搞混
> 請以24小時制填寫

▶▶▶ 這附近有 ▭ 嗎？

Est-ce qu'il y a ▭ près d'ici ?

ɛs ki li ja ▭ prɛ disi ↗

超市：**un supermarché** [ɶ̃ sypɛrmarʃe]
郵局：**un bureau de Poste** [ɶ̃ byro də pɔst]
郵筒：**une boîte aux lettres** [yn bwat o lɛtr]
藥局：**une pharmacie** [yn farmasi]
ATM 提款機：**un distributeur de billets** [ɶ̃ distribytɶr də bijɛ]

▶▶▶ 旅館附近有沒有推薦的 ▭ ？

Pouvez-vous me recommander ▭ près d'ici ?

puvevu mə rəkɔmãde ▭ prɛ disi ↗

法國餐廳：**un restaurant français** [ɶ̃ rɛstɔrã frãsɛ]
義大利餐廳：**un restaurant italien** [ɶ̃ rɛstɔrã italjɛ̃]
印度餐廳：**un restaurant indien** [ɶ̃ rɛstɔrã ɛ̃djɛ̃]
中國餐廳：**un restaurant chinois** [ɶ̃ rɛstɔrã ʃinwa]
日本料理店：**un restaurant japonais** [ɶ̃ rɛstɔrã ʒaponɛ]
摩洛哥餐廳：**un restaurant marocain** [ɶ̃ rɛstɔrã marɔkɛ̃]
麵包店：**une boulangerie** [yn bulãʒri]
熟食店：**un traiteur** [ɶ̃ trɛtɶr]

■■ 可以告訴我如何去 ☐ 嗎？

Pouvez-vous m'indiquer comment aller à ☐ ?

puvevu mɛ̃dike kɔmɑ̃ ale a ☐ ↗

■■ 可以幫我寫在紙上嗎？

Pouvez-vous me l'écrire sur un papier ?

puvevu mə lekrir syr œ̃ papje ↗

住宿期間：在旅館內

■■ 可以借我 ☐ 嗎？

Pouvez-vous me prêter ☐ ?

puvevu mə prɛte ☐ ↗

■■ 請問有 ☐ 嗎？

Avez-vous ☐ ?

avevu ☐ ↗

牙刷 & 牙膏：**une brosse à dents et du dentifrice**
[yn brɔs a dɑ̃ e dy dɑ̃tifris]

洗髮精：**du shampooing** [dy ʃɑ̃pwɛ̃]

潤絲精：**de l'après-shampooing** [də laprɛʃɑ̃pwɛ̃]

刮鬍組：**un kit de rasage** [œ̃ kit də razaʒ]

毛巾：**une serviette** [yn sɛrvjɛt]

拖鞋：**des pantoufles** [de pɑ̃tufl]

浴袍：**un peignoir** [œ̃ pɛɲwar]

裁縫組：**un kit de couture** [œ̃ kit də kutyr]

叉子：**une fourchette** [yn furʃɛt]　　刀子：**un couteau** [œ̃ kuto]

湯匙：**une cuillère** [yn kɥijɛr]　　盤子：**une assiette** [yn asjɛt]

玻璃杯：**un verre** [œ̃ vɛr]　　杯子（有手把的）：**une tasse** [yn tɑs]

開罐器：**un ouvre-bouteille** [œ̃ nuvrbutɛj]

開瓶器：**un tire-bouchon** [œ̃ tirbuʃɔ̃]

熱水瓶：**une bouilloire** [yn bujwar]

剪刀：**des ciseaux** [de sizo]

OK 繃：**un pansement** [œ̃ pɑ̃smɑ̃]

■■■ ☐ 不能用。

☐ ne marche pas.

☐ nə marʃ pa

〰〰〰〰〰〰〰〰〰

■■■ 可以告訴我 ☐ 的使用方法嗎？

Pouvez-vous m'indiquer comment utiliser ☐ ?

puvevu mɛ̃dike kɔmɑ̃ ytilize ☐ ⤴

〰〰〰〰〰〰〰〰〰〰〰〰〰〰

冷氣：**la climatisation** [la klimatizasjɔ̃]

暖氣：**le chauffage** [lə ʃofaʒ]

電視：**la télé** [la tele]

冰箱：**le frigo** [lə frigo]

保險箱：**le coffre-fort** [lə kɔfrəfɔr]

> 冷氣通常會省略為
> 「clim / klim」

■■■ 房間很 [冷 / 熱]。

J'ai [froid / chaud] dans ma chambre.

ʒɛ [frwa / ʃo] dɑ̃ ma ʃɑ̃br

■■■ 燈泡壞了。

L'ampoule est grillée.

lɑ̃pul ɛ grije

■■■ 可以幫我微波嗎？

Pouvez-vous réchauffer ça au micro-ondes ?

puvevu reʃofe sa o mikroɔ̃d ⤴

■■■ 可以幫我放在冰箱裡保存嗎？

Pouvez-vous conserver ça dans un frigo ?

puvevu kɔ̃sɛrve sa dɑ̃ zœ̃ frigo ⤴

■■■ 我想泡茶，可以給我熱水嗎？

Pouvez-vous me donner de l'eau chaude pour faire du thé ?

puvevu mə dɔne də lo ʃod pur fɛr dy te ⤴

■■■ 可以給我冰塊嗎？

Pouvez-vous me donner des glaçons ?

puvevu mə dɔne de glasɔ̃ ⤴

✎ 小叮嚀

現在仍然有許多巴黎旅館沒有裝冷氣，這些旅館通常只有暖氣設備。

備有熱水瓶的旅館不多，想要熱水可以請櫃台提供。

> 客房裡沒有
> 小冰箱時

■■■ 可以重新打掃一下嗎？

Pouvez-vous nettoyer de nouveau la chambre ?

puvevu nɛtwaje də nuvo la ʃɑ̃br ⤴

■■■ 可以幫我把這件衣服送洗嗎？

Pouvez-vous mettre ce vêtement au pressing ?

puvevu mɛtr sə vɛtmɑ̃ o prɛsiŋ ⤴

住宿期間：浴室

■■■ 沒有熱水。

Je n'ai pas d'eau chaude.

ʒə nɛ pa do ʃod

■■■ 水不夠熱。

L'eau n'est pas assez chaude.

lo nɛ pa zase ʃod

■■■ 水龍頭沒有水。

Je n'ai pas d'eau au robinet.

ʒə nɛ pa do o rɔbinɛ

■■■ 馬桶阻塞了。

Les toilettes sont bouchées.

le twalɛt sɔ̃ buʃe

■■■ 馬桶沒辦法沖水。

La chasse d'eau ne marche pas.

la ʃas do nə marʃ pa

■■■ 吹風機壞了。

Le sèche-cheveux est en panne.

lə sɛʃ ʃəvø ɛ tɑ̃ pan

■■■ 可以給我衛生紙嗎？

Pouvez-vous me donner du papier toilettes ?

puvevu mə dɔne dy papje twalɛt ⤴

住宿期間：網路・電話・其他

到台灣請說
à Taiwan [a tajwan]

▶▶▶ 請問如何打電話到日本呢？

Pouvez-vous m'indiquer comment téléphoner au Japon ?

puvevu mɛ̃dike kɔmɑ̃ telefɔne o ʒapɔ̃ ♪

▶▶▶ 打電話到日本要多少錢？

Quel est le tarif d'une communication téléphonique vers le Japon ?

kɛlɛ lə tarif dyn kɔmynikasjɔ̃ telefɔnik vɛr lə ʒapɔ̃ ♪

▶▶▶ 房間裡能用網路嗎？

Je peux utiliser l'internet dans la chambre ?

ʒə pø ytilize lɛ̃tɛrnɛt dɑ̃ la ʃɑ̃br ♪

Wi-Fi唸 [wifi]

▶▶▶ 請告訴我 Wi-Fi 的接法好嗎？

Pouvez-vous m'indiquer comment me connecter au Wi-Fi ?

puvevu mɛ̃dike kɔmɑ̃ mə kɔnɛkte o wifi ♪

▶▶▶ 請問有公共的電腦嗎？

Avez-vous un ordinateur à la disposition des clients ?

avevu œ̃ nɔrdinatœr a la dispozisjɔ̃ de kliɑ̃ ♪

▶▶▶ 可以幫我拷貝 [一張] 嗎？（→數字請參閱P184）

Pouvez-vous me faire [une] photocopie ?

puvevu mə fɛr [yn] fɔtɔkɔpi ♪

▶▶▶ 這是 [收費 / 免費] 的嗎？

C'est [payant / gratuit] ?

sɛ [pɛjɑ̃ / gratʉi] ♪

登記退房

▶▶▶ 請幫我辦退房手續，這是房間鑰匙。

Check-out, s'il vous plaît. Voici la clef de la chambre.

tʃɛkawt sil vu plɛ vwasi la kle də la ʃɑ̃br

▶▶▶ 可以幫我保管行李到 ☐☐☐ 點嗎？（→數字請參閱P184）

Pouvez-vous garder ma valise jusqu'à ☐☐☐ heures ?

puvevu garde ma valiz ʒyska ☐☐☐ œr ♪

> 可以替換成別的
> 街道名

■■■ 我要在 [聖米榭爾山] 住 [一晚] 再回旅館，可以幫我保管行李箱嗎？

Je reviens séjourner dans votre hôtel après [une nuit] [au Mont-St-Michel]. Pouvez-vous garder ma valise ?

ʒə rəvjɛ̃ seʒurne dã vɔtr otɛl aprɛ [yn nɥi] [o mɔ̃sɛ̃miʃɛl] puvevu garde ma valiz ♪

實用單字

沙發床：**canapé-lit** [kanapeli]

客房內小冰箱：**mini-bar** [minibar]

百葉窗：**volets** [vɔlɛ]

浴室 ：**salle de bain** [sal də bɛ̃]

　　毛巾：**serviette** [sɛrvjɛt]　　　　　肥皂：**savon** [savɔ̃]

　　浴室墊：**tapis de bain** [tapi də bɛ̃]　沐浴乳：**gel douche** [ʒɛl duʃ]

洗手間：**toilettes** [twalɛt]

　　衛生紙：**papier toilettes** [papje twalɛt]

陽台：**balcon** [balkɔ̃]

電梯：**ascenseur** [asɑ̃sœr]

走廊：**couloir** [kulwar]

緊急出口：**sortie de secours** [sorti də səkur]

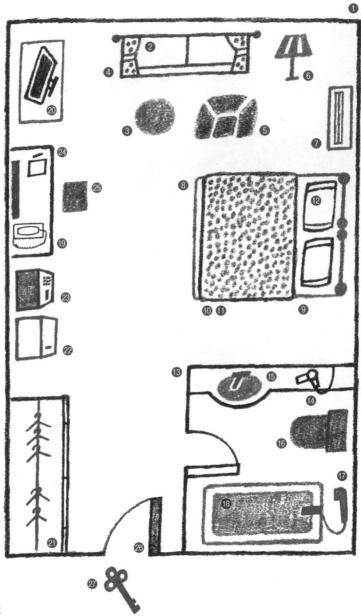

1 客房
chambre ʃɑ̃br

2 窗戶
fenêtre fənɛtr

3 茶几
table tabl

4 窗簾
rideaux rido

5 沙發
canapé kanape

6 燈
lampe lɑ̃p

7 冷氣
climatisation
klimatizasjɔ̃

8 床
lit li

9 床單
drap dra

10 毛毯
couverture kuvɛrtyr

11 被子
couette kwɛt

12 枕頭
oreiller ɔrɛje

13 浴室
salle de bain sal də bɛ̃

14 吹風機
sèche-cheveux sɛʃ ʃəvø

15 水龍頭
robinet rɔbinɛ

16 馬桶
cuvette kyvɛt

17 蓮蓬頭
douche duʃ

18 浴缸
baignoire bɛɲwar

19 電話
téléphone telefɔn

20 電視
télé tele

21 衣櫥
penderie pɑ̃dri

22 冰箱
frigo/réfrigérateur
frigo / refriʒeratœr

23 保管箱
coffre-fort kɔfrəfɔr

24 書桌
bureau byro

25 椅子
chaise ʃɛz

26 門
porte pɔrt

27 房間鑰匙
clef de la chambre
kle də la ʃɑ̃br

173

住宿 可能遇到的問題

住宿是旅居巴黎期間最需要溝通的地方。從毛巾不夠等小問題，到行李被偷等嚴重的問題，都要與旅館人員溝通。若能順利對話，就能找到最佳的解決辦法。

預約

● 預約名單上沒有您的名字。

Je n'ai pas de réservation à votre nom.

ʒə nɛ pa də rezɛrvasjɔ̃ a vɔtr nɔ̃

如被告知並無預約，請出示明確記載訂房日期與房型的預約確認單。

╍► 這是預約確認單，請您看一下。

Voici la confirmation que j'ai reçu. Pouvez-vous vérifier ?

vwasi la kɔ̃firmasjɔ̃ kə ʒɛ rəsy puvevu verifje ↗

╍► 但我希望今晚能住這裡。

Désolé(e) mais je veux une chambre ce soir.

dezɔle mɛ ʒə vø yn ʃɑ̃br sə swar

● 我們的客房已滿，要麻煩您住到附近的旅館，
那裡會為您準備好房間。

Nous n'avons plus une seule chambre de libre.
Mais un hôtel voisin peut vous accueillir,
une chambre est prête pour vous.

nu navɔ̃ ply yn sœl ʃɑ̃br də libr
mɛ œ̃ notɛl vwazɛ̃ pø vu zakœjir
yn ʃɑ̃br ɛ prɛt pur vu

> **🖋 小叮嚀**
>
> 因為旅館出錯而不在預約名單內的話，通常都會安排入住附近同等級的旅館。

與當初預訂的房型不同時

╍► 這不是我當初預訂的房型。

Ce n'est pas le type de chambre que j'ai réservé.

sə nɛ pa lə tip də ʃɑ̃br kə ʒɛ rezɛrve

➤➤ 我預訂的是 [單人房 / 雙人房（一大床）/ 雙人房（兩小床）/ 三人房]。

J'ai réservé une [simple / double / twin / triple].

ʒɛ rezɛrve yn [sɛ̃pl / dubl / twin / tripl]

➤➤ 我預訂了有浴缸的客房，卻只有淋浴設備。

J'ai réservé une chambre avec bain, mais il n'y a qu'une douche.

ʒɛ rezɛrve yn ʃɑ̃br avɛk bɛ̃ mɛ il nija kyn duʃ

住宿期間

● 房間裡沒有 ⬛⬛⬛ 。

Il n'y a pas de ⬛⬛⬛ dans la chambre.

il nija pa də⬛⬛⬛dɑ̃ la ʃɑ̃br

毛巾：**serviette** [sɛrvjɛt]

盥洗用品：**produits d'accueil** [prɔdɥi dakœj]

枕頭：**oreiller** [ɔrɛje] →其他單字請參閱P173

➤➤ 可以幫我換房間嗎？因為 ⬛⬛⬛ 。

Je peux avoir une autre chambre, ⬛⬛⬛ ?

ʒə pø zavwar ynotr ʃɑ̃br⬛⬛⬛ ↗

〈 理由 〉

沒有熱水：**parce qu'il n'y a pas d'eau chaude.**

[parskil nija pa do ʃod]

聲音很吵：**parce qu'elle est bruyante.** [parskɛlɛ brɥijɑ̃t]

房間 [很冷 / 很熱]：**parce qu'elle est trop [froide / chaude].**

[parskɛlɛ tro (frwad / ʃod)]

冷氣故障了：**parce que la clim ne marche pas.**

[parskə la klim nə marʃ pa]

🎀 放在客房的 不見了。 （→請參閱P178）

 que j'ai laissé dans ma chambre a disparu.

 kə ʒɛ lɛse dɑ̃ ma ʃɑ̃br a dispary

現金：**L'argent** [larʒɑ̃]

錢包：**Mon portefeuille** [mɔ̃ pɔrtəfœj]

護照：**Mon passeport** [mɔ̃ paspɔr]

珠寶：**Mes bijoux** [me biʒu]　　皮包：**Mon sac** [mɔ̃ sak]

衣服：**Mes vêtements** [me vɛtmɑ̃]　鞋子：**Mes chaussures** [me ʃosyr]

機票：**Mon billet d'avion** [mɔ̃ bijɛ davjɔ̃]

信用卡：**Ma carte de crédit** [ma kart də kredi]

確定東西被偷時

🎀 我東西被偷了。

On m'a volé.

ɔ̃ ma vɔle

退房

🎀 我把房間的鑰匙搞丟了。

J'ai perdu la clef de ma chambre.

ʒɛ pɛrdy la kle də ma ʃɑ̃br

🎀 總金額好像不太對。

La somme ne me paraît pas correcte.

la sɔm nə mə parɛ pa kɔrɛkt

🎀 你忘了算我優待價。

Vous avez oublié la remise de la promotion spéciale.

vu zave ublije la rəmiz də la prɔmosjɔ̃ spesjal

🎀 [住宿天數 / 早餐的次數] 不對。

Le nombre de [nuits / petits-déjeuners] n'est pas correct.

lə nɔ̃br də [nɥi / pətideʒœne] nɛ pa kɔrɛkt

😘 小叮嚀

除了住宿費或使用小冰箱內飲料的費用之外，有的地方會再加上居留稅「taxe de séjour / taks də seʒur」。請注意「服務費、含稅」的稅金與居留稅是不同的。

Infos utiles 7

選擇旅館與法式早餐

如何選擇旅館？

選擇一間舒適的旅館也是暢遊巴黎非常重要的關鍵。巴黎有許多由老屋改造而成的旅館，整體氛圍古色古香，缺點是常常缺乏最新設備，若旅客想追求最低限度的舒適，建議還是選擇至少3星級以上的旅館（每人每晚約100歐元）。如果旅館無法消除每天的疲勞感，反而讓人心煩意亂，甚至因此與親友起爭執，那麼好不容易規劃好的快樂旅行可能就此泡湯了。

巴黎有許多別具風格的小旅館，老建築的石造牆壁與內部裝潢正是它的魅力所在，但這些旅館在設備上可能要睜一隻眼閉一隻眼，如果想住設備新穎的現代化飯店，比較建議選擇大型連鎖飯店，例如新婚旅行想要留下一個浪漫的回憶，不妨預約高級飯店，享受舒適的服務。

若旅遊預算真的有限，不妨以地區做為選擇考量。巴黎其實並不大，不管住哪一區，搭乘地鐵或巴士到觀光景點大約都只要10～20分鐘左右。至於遠離歌劇院區、聖日耳曼德佩區、瑪黑區等市中心的地區，也有不少設備齊全且服務優良的3星級旅館。因此選擇旅館不要以「是否鄰近想去的觀光景點」，應該以「是否靠近交通便利的地鐵站」為主要考量。

簡單的法式早餐

期待旅館提供豐盛早餐的人來到法國恐怕要失望了。法國旅館裡的早餐都很簡單，基本上就是長棍麵包、可頌麵包或巧克力丹麥麵包配上紅茶、咖啡等熱飲與果汁，也就是所謂的「歐式早餐」。當然，也有飯店會提供火腿、起士、優格、水果或玉米片等吃到飽的自助式早餐，不過剛出爐烤得酥酥脆脆的可頌麵包，以及塗上奶油或果醬的長棍麵包所散發出的樸實美味，可是只有在法國才吃得到喔！

Problèmes 5

遇到問題時的必備句

旅遊時請儘可能遠離麻煩事。為了避免碰到麻煩時手足無措，請先瀏覽下面介紹的句子。遇到竊盜案時請去警察局報案，緊急生病或受傷時請叫救護車。如果不懂如何處理也可以找駐法國台北代表處諮詢。（→ P189）

臨時需要的一句話

■■ 救命！
Au secours !
o səkur

■■ 住手！
Arrêtez !
arɛte

■■ 有扒手！
C'est un pickpocket !
sɛ tœ̃ pikpɔkɛt

■■ 抓住 [那男人 / 那女人]！
Arrêtez [cet homme / cette femme] !
arɛte [sɛtɔm / sɛt fam]

■■ 快叫 [警察 / 救護車 / 消防車]！
Appelez [la police / une ambulance / les pompiers] !
aple [la pɔlis / ynɑ̃bylɑ̃s / le pɔ̃pje]

竊盜・遺失

■■ 我的 [____] 被偷了。
On m'a volé [____] .
ɔ̃ ma vɔle [____]

■■ 我的 [____] 不見了。
J'ai perdu [____] .
ʒɛ pɛrdy [____]

> **✐ 小叮嚀**
>
> 小心扒手！
> 無論是走在巴黎街頭，還是身處地鐵站、市場或美術館，一定要保管好包包與手機，千萬不可以大意。在地鐵內，常有年輕女子或小孩靠近觀光客，趁人不注意時偷走隨身物品。也有扒手利用不同的盜竊技倆，假裝撿戒指、問時間、搭訕、甚至假扮警察接近觀光客。若遇到可疑人士，請勿理會並趕快遠離。

皮包：**mon sac** [mɔ̃ sak]　　　　錢包：**mon portefeuille** [mɔ̃ pɔrtəfœj]
護照：**mon passeport** [mɔ̃ paspɔr]
信用卡：**ma carte de crédit** [ma kart də kredi]

■■ 可以幫我打電話到 [這個電話號碼] 嗎？

Pouvez-vous appeler pour moi [ce numéro] ?

puvevu apəle pur mwa [sə nymero] ↗

■■ 有人會說 [英文] 嗎？

Est-ce qu'il y a quelqu'un qui parle [anglais] ?

εs ki li ja kɛlkœ̃ ki parl [ɑ̃glɛ] ↗

駐法國台北辦事處
請參閱P189

■■ 最近的警局在哪裡？

Où est le commissariat le plus proche ?

u ɛ lə kɔmisarja lə ply prɔʃ ↗

■■ 可以給我竊盜與遺失證明書嗎？

Pouvez-vous me donner le récépissé de déclaration de plainte ?

puvevu mə dɔne lə resepise də deklarasjɔ̃ də plɛ̃t ↗

身體不適

■■ 我 [頭 / 牙齒 / 喉嚨 / 肚子 / 背 / 腳] 痛。

J'ai mal [à la tête / aux dents / à la gorge / au ventre / au dos / aux jambes] .

ʒɛ mal [a la tɛt / o dɑ̃ / a la gɔrʒ / o vɑ̃tr / o do / o ʒɑ̃b]

■■ 我身體不舒服。

Je ne me sens pas bien.

ʒə nə mə sɑ̃ pa bjɛ̃

■■ 我 [發燒 / 想吐 / 拉肚子 / 經痛]。

J'ai [de la fièvre / la nausée / la diarrhée / des douleurs de règles].

ʒɛ [də la fjɛvr / la noze / la djare / de dulœr də rɛgl]

🖎 小叮嚀

想表達「○○痛」或「○○燙傷」等意思時，只要在「à / a」後面加上身體部位即可。若為 le＋陽性名詞或 les＋複數形名詞，「à」必須變成「au / o」或「aux / o」，例如「J'ai mal au cou. / ʒɛ mal o ku（我脖子痛）」、「J'ai mal aux épaules. / ʒɛ mal o zepol（我兩邊的肩膀都痛）」。

身體部位

頭：**la tête** la tɛt

頭髮：**les cheveux** le ʃəvø

臉：**le visage** lə vizaʒ

眼睛：**l'œil** lœj

鼻子：**le nez** lə ne

耳朵：**l'oreille** lɔʀɛj

臉頰：**la joue** la ʒu

嘴：**la bouche** la buʃ

牙齒：**la dent** la dɑ̃

舌頭：**la langue** la lɑ̃g

下巴：**le menton** lə mɑ̃tɔ̃

胸部：**la poitrine / les seins**
la pwatʀin / le sɛ̃

胃：**l'estomac** lɛstɔma

腹部（腸）：**le ventre (l'intestin)**
lə vɑ̃tʀ (lɛ̃tɛstɛ̃)

腰：**la hanche** la ɑ̃ʃ

脖子：**le cou** lə ku

喉嚨：**la gorge** la gɔʀʒ

> 也可以用手指著說
> 「ici / isi 這裡」

肩膀：**l'épaule** lepol

手臂：**le bras** lə bʀa

關節：**l'articulation**
lartikylasjɔ̃

手肘：**le coude** lə kud

手：**la main** la mɛ̃

手腕：**le poignet** lə pwaɲɛ

手指：**le doigt** lə dwa

大拇指：**le pouce** lə pus

食指：**l'index** lɛ̃dɛks

中指：**le majeur** lə maʒœr

無名指：**l'annulaire** lanylɛr

小指：**l'auriculaire** lɔʀikylɛr

指甲：**l'ongle** lɔ̃gl

背部：**le dos**
lə do

臀部：**les fesses**
le fɛs

腿：**la jambe** la ʒɑ̃b

大腿：**la cuisse** la kɥis

膝蓋：**le genou** lə ʒənu

腿肚：**le mollet** lə mɔlɛ

腳踝：**la cheville** la ʃəvij

腳：**le pied** lə pje

腳趾：**l'orteil** lɔʀtɛj

😊 小叮嚀

生病或受傷時

發生緊急事故時請盡速叫救護車。若旅遊期間需要
看醫生，請詢問旅館工作人員或街上的藥局，有保
海外旅平險的人，也記得索取必要的資料，回國後
才能退費。

在郵局必學的實用句

如果在巴黎不小心買了太多東西，可以利用郵局的 Colissimo（國際包裹）寄回台灣，相當方便。

請給我［1 / 2 / 3］張寄到日本的郵票。（→數字請參閱P184）
Je voudrais［un / deux / trois］timbre(s) pour le Japon.
ʒə vudrɛ［œ̃ / dø / trwa］tɛ̃br pur lə ʒapɔ̃

我要寄［這封信 / 這張明信片 / 這個包裹］到日本。
Je voudrais envoyer［cette lettre / cette carte postale / ce paquet］au Japon.
ʒə vudrɛ ɑ̃vwaje［sɛt lɛtr / sɛt kart pɔstal / sə pakɛ］o ʒapɔ̃

信件(20g以內)和明信片一律是1.20歐元（2015年7月）

請給我［1個］寄到日本的國際包裹便利箱。（→數字請參閱P184）
Je voudrais［un］Colissimo Emballage pour le Japon.
ʒə vudrɛ［œ̃］kɔlisimo ɑ̃balaʒ pur lə ʒapɔ̃

多少錢？
Ça coûte combien ?
sa kut kɔ̃bjɛ̃ ↗

幾天會寄到日本？
Ça prend combien de jours pour arriver au Japon ?
sa prɑ̃ kɔ̃bjɛ̃ də ʒur pur arive o ʒapɔ̃ ↗

小叮嚀

法國郵局販售的 Colissimo 類似台灣郵局的便利箱，分為 L 尺寸（最重可裝五公斤，45歐元）與 XL 尺寸（最重可裝七公斤，55歐元）。組裝好箱子後，放入想寄的東西，填好寄件資料與發票即可寄送。記得在箱子的外側寫上「Unaccompanied baggage 另外托運的行李」，並在回程的飛機上填寫兩張海關申報單，於抵達機場後交給海關蓋章。包裹寄送時間大約一週，請保管好相關單據。

﹛ 法語的基礎知識與實用資訊 ﹜

在這裡簡單介紹關於法語的基本知識，尤其是旅遊時會接觸到的聽與讀的部分。最好能記住法語字母、數字、單位、時間以及日期的唸法，以備不時之需。

法語字母

法語和英語一樣使用26個字母。為了方便發音，另有變音符號及結合字。順道一提，法語的字母叫「Alphabets / alfabɛ」。

A	B	C	D	E	F	G
[a]	[be]	[se]	[de]	[ə]	[ɛf]	[ʒe] ★1
H	**I**	**J**	**K**	**L**	**M**	**N**
[aʃ]	[i]	[ʒi]	[ka]	[ɛl]	[ɛm]	[ɛn]
O	**P**	**Q**	**R**	**S**	**T**	**U**
[o]	[pe]	[ky]	[ɛr]	[ɛs]	[te]	[y] ★2
V ★3	**W**	**X**	**Y**	**Z**		
[ve]	[dubləve]	[iks]	[igrɛk]	[zɛd]		

★1 法語 G 與 J 的發音和英語相反。　★2 發音時儘量將嘴突出。　★3 與 B 不同，發音時上排的牙齒輕觸下唇。

變音符號與結合字

é	**accent aigu**	尖音符號
à è ù	**accent grave**	重音符號
â ê î ô û	**accent circonflexe**	長音符號
ä ë ï ö ü	**tréma**	分音號
ç	**cédille**	軟音符
œ		o 與 e 的結合字
æ		a 與 e 的結合字

正確傳達自己的名字

因為法國人不熟悉亞洲人的名字，常常會搞不清楚正確唸法，所以告訴法國人自己姓名時，請將字母正確的拼出來，可以的話最好寫在紙上。

● 請問您的 [姓名 / 姓 / 名字]？
Votre [nom / nom de famille / prénom], s'il vous plaît ?
vɔtr [nɔ̃ / nɔ̃ də famij / prenɔ̃] sil vu plɛ ↗

◖◗ 山口惠理。
Eri Yamaguchi.
eli yamagutʃi

● 怎麼拼呢？
Comment ça s'écrit ?
kɔmɑ̃ sa sekri ↗

可能會被唸成
[yamagushi]

◖◗ **E R I Y A M A G U C H I**
œ ɛr i igrɛk a ɛm a ʒe y se aʃ i

H 的發音

法語中字首的 H 多半不發音，例如「Hôtel（飯店）」唸 [otɛl]、「Haut（上面）」唸 [o]、「Hier（昨天）」唸 [jɛr]，如果名字是 H 開頭的人請特別注意。

◖◗ 開頭有 H。
Il y a un "H" au début.
i li ja œ̃ aʃ o deby

可能會被唸成
[ayashi]

◖◗ 我姓林。
Hayashi.
hajaʃi

數字

説到法語數字，很多人只會唸 un、deux、trois。其實旅遊時要用到數字的場合很多，例如到餐廳吃飯時告知人數、買麵包或水果時必須説明數量、付錢時要聽懂正確金額等，若能記下基本的數字就能更安心。

數字	**chiffres** ʃifr	10	**dix** dis
1	**un** œ̃	20	**vingt** vɛ̃
2	**deux** dø	30	**trente** trɑ̃t
3	**trois** trwa	40	**quarante** karɑ̃t
4	**quatre** katr	50	**cinquante** sɛ̃kɑ̃t
5	**cinq** sɛ̃k	60	**soixante** swasɑ̃t
6	**six** sis	70	**soixante-dix** swasɑ̃tdis
7	**sept** sɛt	80	**quatre-vingt** katrvɛ̃
8	**huit** ɥit	90	**quatre-vingt-dix** katrvɛ̃dis
9	**neuf** nœf		

★ 20以上的數字在後面加上個位數的數字即可，例：35 trente-cinq / trɑ̃tsɛ̃k

100	**cent** sɑ̃
200	**deux cents** dø sɑ̃
300	**trois cents** trwa sɑ̃

★ 在熟食店或市場裡買東西常用到的克數。

1000	**mille** mil
2000	**deux milles** dø mil

單位

€	歐元：**euro** øro
Cts.	分：**centime** sɑ̃tim[1]
g	克：**gramme** gram
kg	公斤：**kilogramme** kilɔgram[2]
個	個：**pièce** pjɛs[3]

★1 100分（生丁）＝1歐元。通常會以10.3€（10歐元30分）這樣的小數點來表示。
★2 通常會省略為 kilo。　★3 有時會寫成為 pcs.。

法國人數數的方法

法國人數數的順序是大拇指、食指、中指、無名指、小指。數到5時手掌會打開，6開始要用另外一隻手。比4的時候很難將無名指完全伸直。順道一提，在餐廳告知人數時也是一樣的比法，只有比「2位」的時候要用食指與中指比V。

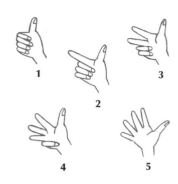

法國人的手寫數字

旅行時很常看到手寫數字，例如市場裡或麵包店裡的價目表、咖啡館的單據或餐廳裡的黑板菜單。比較特殊的是1與7，寫1時會有個明顯的轉折線，為了與1做區別，7會劃一條橫線。

1 2 3 4 5 6 7 8 9 10

時間

時間：**heure** œr

10點：**dix heures** dizœr

正午12點：**midi** midi

凌晨12點：**minuit** minyi

8點半：**huit heures et demie** ɥitœr e dəmi

9點15分：**neuf heures et quart** nœfœr e kar

10點45分（差15分11點）：

onze heures moins le quart ɔ̃zœr mwɛ̃ lə kar

●10:00也可標示為10h。

●30分是「demie / dəmi」、15分是1/4小時「quart / kar」、45分是整點差15分「moins le quart / mwɛ̃ lə kar」。

●法國人幾乎都用24小時制，例：下午2點是「14h / katɔrzœr」。

季節、月份

季節：**saison** sεzɔ̃

月：**mois** mwa

春 printemps prɛ̃tɑ̃

3月：**mars** mars
4月：**avril** avril
5月：**mai** mε

夏 été ete

6月：**juin** ʒчɛ̃
7月：**juillet** ʒчijε
8月：**août** ut

秋 automne otɔn

9月：**septembre** sεptɑ̃br
10月：**octobre** ɔktɔbr
11月：**novembre** nɔvɑ̃br

冬 hiver ivεr

12月：**décembre** desɑ̃br
1月：**janvier** ʒɑ̃vje
2月：**février** fevrije

星期

週：**semaine** səmεn
週一：**lundi** lœ̃di
週二：**mardi** mardi
週三：**mercredi** mεrkrədi

週四：**jeudi** ʒødi
週五：**vendredi** vɑ̃drədi
週六：**samedi** samdi
週日：**dimanche** dimɑ̃ʃ

●請注意，法國是以日/月/年的順序記載日期。
　例：2013年2月10日→10/02/13

天氣

天氣預報：**météo**　meteo
晴：**ensoleillé**　ɑ̃sɔleje／**il fait beau**　il fɛ bo
雨：**pluie**　plɥi／**il pleut**　il plø
陰：**il fait nuageux**　il fɛ nɥaʒø
雪：**il neige**　il nɛʒ
好天氣：**beau temps**　bo tɑ̃
壞天氣：**mauvais temps**　mɔvɛ tɑ̃

樓層的數法

樓層：**ÉTAGE**　etaʒ
●在法國，平地的那一層稱為0樓，
　上了樓梯才算1樓（相當於台灣的2樓）。

台灣的4樓
3ème étage　trwazjɛm etaʒ
（電梯等樓層標示為3）

台灣的3樓
2ème étage　døzjɛm etaʒ
（數字為2）

台灣的2樓
1er étage　prəmje etaʒ
（數字為1）

台灣的1樓（地上層）
Rez-de-chaussée　redʃose
（數字為0，縮寫是RDC）

地下室
Sous-sol　susɔl

餐廳訂位

請將以下資訊交給旅館的櫃台人員，請他們幫你訂位。

■■■ 請幫我預約這家餐廳好嗎？

Pouvez-vous réserver ce restaurant pour moi, s'il vous plaît ?

puvevu rezɛrve sə rɛstɔrɑ̃ pur mwa sil vu plɛ ↗

Nom du restaurant（店名）：_____

Tél.（電話號碼）：_____

Date（日期，順序為星期、日、月）★¹：_____

Heure（時間）★²：_____　**Nombre de personnes**（人數）：_____

Au nom de（本人或預約者的名字）：_____

預約計程車

■■■ 可以幫我在這天預約一輛計程車嗎？

Pouvez-vous réserver un taxi pour cette date, s'il vous plaît ?

puvevu rezɛrve œ̃ taksi pur sɛt dat sil vu plɛ ↗

※ 若馬上要叫車，可以說「Pouvez-vous m'appeler un taxi, s'il vous plaît ? / puvevu maple
œ̃ taksi sil vu plɛ ↗」

■■■ 到戴高樂機場要多少錢？

Quel sera le prix pour aller à Roissy, s'il vous plaît ?

kɛl səra lə pri pur ale a rwasi sil vu plɛ ↗

■■■ 有 [兩件] 行李。（→數字請參閱 P184）

On a [deux] valises.

ɔ̃ na [dø] valiz

Date（日期，順序為星期、日、月）★¹：_____

Heure（時間）★²：_____

Jusqu' à（目的地）★³：_____

Nombre de taxis（車輛數）：_____

Au nom de（本人或預約者的名字）：_____

★1 例：6月12日（三）寫成「mercredi 12/06」或「mercredi 12 juin」。（→月份與星期請參閱P186）
★2 用24小時制書寫比較不會搞混，例：中午12點30分寫成「12h30」，下午1點是「13h」，晚上8點是
「20h」。（→時間請參閱P185）　★3 戴高樂機場（l'aéroport de Charles de Gaulle）。（→站名與觀光
景點請參閱P149）

緊急聯絡方式

駐法國台北代表處 le Bureau de Représentation de Taipei en France
ləbyro də rəprezãtasjɔ̃ də tajpɛj ã frãs

地址：78 Rue de l'Université 75007 Paris

電話：01 44 39 88 30

交通：地鐵 Solférino ⑫、RER C線 Musée d'Orsay 站

公車 63、69、83、84、94 Solférino-Bellechasse 站

開放時間：週一～週五 9:30~12:30 / 13:30~16:00

網站：http://www.roc-taiwan.org / FR/mp.asp?mp=121

救急車 SAMU samy　電話：15
警察 Police pɔlis　電話：17
消防署 Pompiers pɔ̃pje　電話：18

中文可通的醫院

巴黎美國醫院 Hôpital Américain ɔpital amerikɛ̃

地址：63 boulevard Victor Hugo 92200 Neuilly-Sur-Seine

電話：01 46 41 25 25（代表號）

電話：01 46 41 25 82

交通：地鐵 Anatole France ③ 徒步12分

時差

夏令時間　L'heure d'été lœr dete
3 月的最後一個週日～10 月的最後一個週日：比台灣晚 6 小時

除此之外的期間　L'heure d'hiver lœr diver
10 月的最後一個週日～3 月的最後一個週日：比台灣晚 7 小時

貨幣

法國的貨幣為「€ / 歐元」
1 歐元約為台幣34.65元（2015年7月）
硬幣（1、2、5、10、20、50分；1、2歐元）
紙鈔（5、10、20、50歐元）
100、200、500歐元的紙鈔比較少見。

information

巴黎的天氣四季並不是那麼分明，而且氣溫多變，建議穿著類似開襟羊毛衣等穿脫方便的服裝。巴黎的夏天早晚氣溫仍然偏低，穿著質輕的羽絨夾克或披上圍巾等是不錯的選擇。此外，有帽子可以擋雨的風衣一整年都非常實穿。更詳細的穿搭指南可以參考TRICOLOR PARIS官方網站裡的「巴黎天氣 服裝月曆」。

http://www.tricolorparis.com/meteo

法國的節慶

法國的節慶一年有13天。1月1日、5月1日、12月25日幾乎所有店家與美術館等設施都沒有營業。此外，也有每年日期不固定的節慶，請務必事先確認清楚。

1月1日	元旦
4月5日（2015年）	復活節★（2016年：3月27日、2017年：4月16日）
4月6日（2015年）	復活節翌日的週一★（2016年：3月28日、2017年：4月17日）
5月1日	勞動節
5月8日	第二次世界大戰停戰紀念日
5月14日（2015年）	耶穌昇天節★（2016年：5月5日、2017年：5月25日）
5月24日（2015年）	聖靈降臨節★（2016年：5月15日、2017年：6月4日）
5月25日（2015年）	聖靈降臨節翌日的週一★（2016年：5月16日、2017年：6月5日）
7月14日	革命紀念日（法國國慶日）
8月15日	聖母昇天節
11月1日	諸聖節
11月11日	第一次大戰停戰紀念日
12月25日	聖誕節

★號是每年日期不固定的節慶。

memo

住宿資訊

旅館名稱： _____

地址： _____

電話： _____

最近的地鐵站、號線： _____

自己的尺寸與喜好

寫下自己的尺寸與唸法。

衣服 _____

鞋子 _____

戒指 _____

喜歡的顏色 _____

喜歡的圖案 _____

喜歡的 ▭ _____

常用短句

寫下最常用的句子。

吃美食 _____

購物 _____

參觀 _____

移動 _____

住宿 _____

国家圖書館出版品預行編目(CIP)資料

Bonjour Paris！散步巴黎説法語
／荻野雅代、櫻井道子著；陳琇琳翻譯. -- 初版. --
臺北市：笛藤, 2015.07　面；　公分
ISBN 978-957-710-655-1(平裝附光碟片)

1.法語 2.旅遊 3.會話

804.588　　　　　　　　　　　104009316

Original Japanese title: Kawaii Paris Aruki no France-go
Originally published in Japanese by PIE International in 2013.
PIE International
2-32-4 Minami-Otsuka, Toshima-ku, Tokyo 170-0005 JAPAN

©2013 Masayo Ogino / Michiko Sakurai / PIE International / PIE BOOKS
All rights reserved. No part of this publication may be reproduced in
any form or by any means, graphic, electronic or mechanical,
including photocopying and recording by an information storage
and retrieval system, without permission in writing from the publisher.

Bonjour Paris！ 散步巴黎說法語 (附中法發聲MP3)

2015 年 8 月 20 日　　初版第 1 刷　　定價300元

■ 著　　　者：荻野雅代 · 櫻井道子
■ 翻　　　譯：陳琇琳
■ 總 編 輯：賴巧凌
■ 編　　　輯：林子鈺
■ 封面設計：王舒玗
■ 發 行 人：林建仲
■ 發 行 所：笛藤出版圖書有限公司
■ 地　　　址：台北市重慶南路三段1號3樓之1
■ 電　　　話：(02)2358-3891
■ 傳　　　真：(02)2358-3902
■ 總 經 銷：聯合發行股份有限公司
■ 地　　　址：新北市新店區寶橋路一段235巷6弄6號2樓
■ 電　　　話：(02)2917-8022 · (02)2917-8042
■ 製 版 廠：造極彩色印刷製版股份有限公司
■ 電　　　話：(02)2240-0333 · (02)2248-3904
■ 劃撥帳戶：八方出版股份有限公司
■ 劃撥帳號：19809050

★　本書經合法授權，請勿翻印　★
本書裝訂如有漏印、缺頁、破損請寄回更換